Sarah Bosse

Im Galopp durch den Sommer

COPPENRATH

FSC
www.fsc.org
MIX
Papier aus verantwortungsvollen Quellen
FSC® C083411

5 4 3 2 1

ISBN 978-3-649-67077-3

Hafenweg 30, 48155 Münster

Text: Sarah Bosse
Covergestaltung: Cornelia Niere unter Verwendung
eines Fotos von Janina Albig
Lektorat: Steffi Korda, Büro für Kinder- und
Jugendliteratur, Hamburg / Frauke Reitze
Satz: Sabine Conrad, Bad Nauheim
Printed in Germany
www.coppenrath.de

Das @book erscheint unter der ISBN 978-3-649-62329-8.

Mourie

Zu diesen Zeiten Geborene haben heilende Fähigkeiten und einen starken Bezug zur Natur.

Some people feel the rain,
others just get wet.

(Bob Marley)

Teil 1

Erstens kommt es anders …

Yin und Yang

Ich hatte gleich gesagt, dass es eine Schnapsidee war, die Campingtour genauso durchzuziehen, wie wir sie geplant hatten. Aber auf mich hörte ja wieder keiner. Schon gar nicht die Jungs.

Wir sollten uns mal nicht so anstellen, meinte Löti. Das bisschen Regen würde uns schon nicht den Spaß verderben. Nein, *mir* verdarb der Regen nicht den Spaß – aber er kannte doch die anderen Mädels!

Ich wusste natürlich, warum die Jungs unsern Trip auf keinen Fall abblasen wollten. Es war die letzte Möglichkeit, zusammen etwas wirklich Cooles zu unternehmen, bevor alles anders werden würde.

Unsere gemeinsame Schulzeit war zu Ende …

Nun saßen wir allerdings erst mal in der Aula, aufgehübscht bis zum Gehtnichtmehr. Wie lange hatten wir auf diesen Augenblick gewartet! Vorn auf der Bühne stand Herr Theisen, unser Schulleiter, wie immer adrett gekleidet, das silbergraue Haar lässig, aber perfekt frisiert. Sein Lächeln kam ehrlich rüber. Man kaufte ihm ab, dass er froh war, dass wir alle mit einem Abschluss von der Schule gingen. Auch die Wackelkandidaten hatten es letztendlich knapp geschafft.

Neben ihm unser Klassenlehrer, etwas konfus, mit ungeputzter Brille, aber heute zumindest im Sakko. Ich würde ihn vermissen, unseren Herrn Bohn, von uns auch liebevoll Mr. Bean genannt. Er hatte das Herz auf dem rechten Fleck. Und er konnte gut Mathe erklären.

Unsere Parallelklasse dagegen war vermutlich nicht allzu traurig, ihre Klassenlehrerin endlich los zu sein. Inga Goldmann mit spitzer Nase und spitzem Mund hatte ein ebenso spitzes und falsches Lächeln aufgesetzt, als sie nun ihren Schützlingen das Entlasszeugnis überreichte. Einem nach dem anderen.

Vom Rektor gab es dazu einen festen Händedruck und eine rosafarbene Rose.

Ich war froh, dass ich im Alphabet erst irgendwann in der Mitte kam. Und jetzt war eh erst die Parallelklasse dran. So hatte ich Gelegenheit, mich ein wenig abzulenken, indem ich meinen Blick durch die Reihen schweifen ließ. All die stolzen Eltern! Manche fingerten nervös am Programmheft herum, den Blick fest auf die Bühne geheftet.

Über einige der Jungs musste ich grinsen. Man sah ihnen an, dass sie sich völlig deplatziert fühlten in ihren schicken Anzügen und kaum wussten, wie sie sich darin bewegen sollten. Das war schon ziemlich schräg. Der Weg nach vorn, wo Frau Goldmann ihnen das langersehnte Stück Papier in die Hand drückte, musste ihnen vorkommen wie ein kilometerlanger Balanceakt über den Schwebebalken. Auf dem Rückweg zum Platz der krampfhafte Versuch, lässig zu wirken, das verlegene Lächeln im hochroten Gesicht und dann noch mit einer Rose in der Hand – wie peinlich! Der Anblick war unbezahlbar.

Und erst die Mädchen! Ich wusste, dass einige von ihnen mehrere Stunden beim Friseur zugebracht hatten – ziemlich affig. Es waren dieselben, die sich ständig in ihren Posts im Internet ein zuckersüßes »Du Schöne«, »Du Süße« oder »Lieb dich, du Bezaubernde« schenkten, wenn sie mal wieder frisch gestylt ein neues Profilbild hochgeladen hatten. Ich fand dieses Getue megapeinlich. Aber ich hielt mich mit Kommentaren zurück.

Zugegeben: Auch ich, der es sonst herzlich egal war, wenn bei meinen Ausritten mit Djego der Nieselregen meine Haare an den Kopf klebte oder wie Sauerkraut kringelte – auch ich hatte mir heute Morgen besondere Mühe beim Föhnen gegeben und sogar ein bisschen von Mamas Haarspray über die Frisur genebelt, damit nicht alles gleich wieder zusammenfiel wie ein Käsesoufflé, das man zu hastig aus dem Ofen genommen hatte. Ich fand mich in dem weinroten Etuikleid und den halbhohen Pumps sogar ziemlich sexy, obwohl ich sonst eher Jeans und Stiefel bevorzugte – praktische Stallkleidung halt. Für heute war dieses Outfit perfekt und ich fühlte mich sogar richtig wohl darin.

Aber uns allen ging es in diesem Moment vermutlich ähnlich: die Hände eisig, die Achseln verschwitzt, der Kopf heiß, unangenehm kalter Schweiß auf dem Rücken. Das war die Aufregung.

Mama saß neben mir. Sie trug einen schicken schlammfarbenen Leinen-Hosenanzug und schenkte mir ein warmes Lächeln. Sie war so stolz, dass ich einen guten Schulabschluss gemacht hatte, mit dem mich lockerflockig jede Fachoberschule nehmen würde! Denn das war der Plan. Nach den Ferien würde ich weiter zur Schule gehen. Aber das war noch weit hin, dazwischen lagen die Ferien: Sonne, Urlaub, Lesen, Nichtstun – und vor allem Reiten.

Mama durfte wirklich stolz sein, denn es war auch ihr Verdienst. Sie unterstützte mich, wo sie konnte. Und das war oft nicht leicht gewesen. So manchen Abend hatte sie mit mir zusammengesessen und für die Schule gebüffelt, obwohl sie nach einem anstrengenden Acht-Stunden-Tag im Planungsbüro müde gewesen war.

Auch Manuel hatte sich heute freigenommen. Ich fand es nett von ihm, dass er diesen Moment mit uns teilen wollte. Er war schon okay, Mamas Freund. Manchmal vielleicht etwas anstrengend. Aber okay.

Plötzlich spürte ich Mamas spitzen Ellenbogen in den Rippen und Herr Bohn sagte meinen Namen ins Mikrofon. »Jana Köhnen, kommst du bitte nach vorn?«

Ich sprang auf, knallte meiner Mutter die kleine Handtasche auf den Schoß, die ich zum Schulabschluss von meinem Patenonkel Stefan geschenkt bekommen hatte, und huschte durch die Stuhlreihe zum Gang und weiter nach vorn.

»Gut gemacht, Jana, ein tolles Zeugnis«, lobte Herr Bohn.

Als er mir mein Abschlusszeugnis überreichen wollte, glitt es ihm, unbeholfen, wie er manchmal war, beinahe aus der Hand. Mein Arm schnellte nach vorn und meine Finger konnten gerade noch nach dem Zeugnis schnappen, bevor es zu Boden segelte.

»Gute Reflexe!«, lachte Herr Bohn. Sein abgewetztes Sakko verströmte kalten Zigarrengeruch. »Und ein ›Sehr gut‹ in Mathematik«, konnte er sich nicht verkneifen zu erwähnen.

Es war mir nicht einmal unangenehm, wie ich da stand und mir nun den Glückwunsch des Rektors und die schöne altrosa Rose abholte. Denn auf die Eins in Mathe war ich besonders stolz. »Ist Ihr Verdienst«, hätte ich gern noch zu Herrn Bohn gesagt, aber ich war dann auch lang genug vorn gewesen und wollte die Bühne frei machen für den Nächsten.

Und das war Marc.

Mit federnden Schritten kam er mir auf dem Gang entgegen, als ich zu meinem Platz zurücklief. Seine aschblonden Locken tanzten um sein Gesicht und er zwinkerte mir zu.

Die letzten Meter bis zu meinem Platz schwebte ich. Manuel drückte kurz meinen Arm und lächelte mich an, und als ich mich neben Mama auf meinen Stuhl plumpsen ließ, umarmte sie mich stürmisch und drückte mir einen dicken Kuss auf die Backe.

»Mama!«, stöhnte ich. »Du zerknitterst mein Zeugnis!«

»Oh, sorry!« Mama kicherte wie ein junges Mädchen in sich hinein. Und kicherte noch, als sie sich wieder zurücklehnte.

Ich schloss für einen Moment die Augen und überlegte, seit wann mein Herz so heftig schlug, wenn ich Marc begegnete. Schließlich kannten wir uns schon seit einer gefühlten Ewigkeit. Dann machte ich die Augen schnell wieder auf, denn ich wollte nicht verpassen, wie Herr Bohn ihm das Zeugnis überreichte und Marc danach zu seinem Platz zurückging. Mit federnden Schritten. Und tanzenden Locken.

Ich brauchte dringend frische Luft.

Als ich die schwere Metalltür zum hinteren Schulhof aufschob, schlug mir die Kälte wie eine Wand entgegen, und sogleich bildete sich eine Nebelwolke vor meinem Mund, in die ich übermütig hineinpustete. Tief sog ich die Luft ein. Ich hätte nicht gedacht, dass es dermaßen abkühlen würde!

Gedämpfte Bässe wummerten durch die Nacht. Die Abschlussparty war in vollem Gange. Aus den Fenstern der Aula flackerte buntes Licht auf die grauen Pflastersteine.

Weil ich vom Tanzen so erhitzt war, legte sich die kalte Luft wie eine eisige Schicht auf meine Haut. Ich schauderte.

Dana und Sophie waren mir gefolgt. Sie waren genauso aufgekratzt wie ich und lachten über irgendeinen albernen Witz. Dana stolperte. Cola schwappte aus ihrem Glas, was eine neue Lachsalve auslöste.

»Scheiße, klebt das!« Dana schüttelte sich die Tropfen von der Hand.

Sophie nahm mich fest in die Arme und wiegte uns beide hin und her. »Schule ist vorbei! Schule ist vorbei!«, trällerte sie fröhlich. »Sommer, du kannst kommen!«

In diesem Moment fühlte ich mich, als könnte ich es mit der ganzen Welt aufnehmen. Dana, Sophie und ich kannten uns schon seit der Grundschule. Gemeinsam hatten wir alle Aufs und Abs bewältigt, mit vereinten Kräften im achten Schuljahr Sophie davor gerettet sitzenzubleiben, hatten Dana über die lange Zeit der Trauer hinweggeholfen, als ihre Mutter tödlich verunglückt war, hatten gemeinsam über Lehrer gepestet, über Mitschülerinnen gelästert und für Jungen geschwärmt. Und nun wurden wir gemeinsam in die Freiheit entlassen!

Ich hatte jedoch zu viele von den alkoholfreien Cocktails getrunken, die die Neuner an einer Theke verkauften, die sie mit Schilfgras und Lampions zu einer ganz ansehnlichen Beachbar umgestaltet hatten. Mir war ein bisschen schlecht von all dem süßen Zeug. Sophies Hin- und Hergewackel machte das nicht besser. Lachend befreite ich mich aus ihrer Umklammerung. Sie hob die Handfläche vor ihren Mund und tat so, als pustete sie etwas Unsichtbares, das darauf lag, in meine Richtung. »Feenstaub!«

Das machten wir immer so. Als Zeichen dafür, dass unser Leben gerade ganz besonders glitzerte. Also so, dass unser Glitzern und Strahlen alle und alles um uns herum in einen zauberhaften Glanz tauchte. Oder dann, wenn wir meinten, unser Leben brauche gerade ganz dringend eine Menge Glitzer. Wenn wieder irgendeine Katastrophe passiert war.

»Schade, dass Selisha schon nach Hause musste«, sagte Dana, legte den Kopf in den Nacken und sah in den sternklaren Nachthimmel. Die Himmelskörper funkelten so intensiv, als sei eine Handvoll von Sophies Feenstaubkörnchen hinaufgeflogen.

Selisha, die Vierte in unserer Mädelsrunde, hatte die Party schon viel früher verlassen, weil sie mit ihrer Mutter noch in der Nacht in den Urlaub aufbrechen wollte. Ihre Mutter hatte früher als Entwicklungshelferin in Sri Lanka gearbeitet und war dort nach einer kurzen Affäre mit einem Singhalesen ungewollt schwanger geworden, woraufhin sie Hals über Kopf nach Hause gereist war. Sie kannte noch nicht einmal den richtigen Namen des Mannes! Sie wollte ihn damals nie wiedersehen. Aber nachdem ein paar Jahre vergangen waren und sie mit sich selbst ins Reine gekommen war, flog sie mit ihrer Tochter immer mal wieder in das Land ihres unbekannten Vaters. Sie war der festen Überzeugung, dass die Reisen wichtig seien für Selishas Suche nach ihrer Identität. Selisha hielt ihre Mutter deswegen für ein bisschen plemplem, aber sie liebte Sri Lanka trotzdem, denn sie fand das Land wunderschön. So hatten drei von uns vieren – Dana, Selisha und ich – eins gemeinsam: Wir waren viele Jahre unseres Lebens mit nur einem Elternteil aufgewachsen.

Bei dem Gedanken an das tropisch warme Sri Lanka kroch mir eine Gänsehaut über den Körper. »Brrr, ist das kalt«, bibberte ich und rieb mir die Oberarme, während drinnen lautes Gegröle ausbrach. Der DJ hatte unseren Jahrgangssong angekündigt. »Vöööllig losgelöst vo-hon der Schuuule …!«, hörten wir die Schulkameraden mehr brüllen als singen.

Inzwischen hatten fast alle Erwachsenen die Party verlassen. Nur einige wenige Aufsichtspersonen waren noch da, von uns auserwählte partykompatible Vertrauenserwachsene, die ihren Job bisher ganz gut machten. Das hieß: Sie feierten kräftig mit. Sogar Mr. Bean hatte sich sein verquarztes Jackett ausgezogen und war unter dem Applaus seiner Schüler wie Rumpelstilzchen über die Tanzfläche gehüpft.

»Wie spät ist es überhaupt?«, fragte Sophie und zog sich ihren rosafarbenen Cardigan enger um die Schultern.

Doch alle drei trugen wir heute zu unseren schicken Partyklamotten keine Armbanduhr.

»Als ich das letzte Mal auf die Uhr in der Aula geschaut habe, war es halb eins«, erinnerte ich mich. »Das ist noch nicht so ewig her.«

»Also nicht mehr lange, bis Manuel uns abholt«, stellte Dana fest.

Sophie stieß mir mit dem Ellenbogen gegen den Arm. Etwas fester als gewollt – ausgelassen und albern, wie sie war. »Ey, kannst du ihn nicht anrufen und fragen, ob er 'ne Stunde später kommt?«

Ich winkte ab. Ich war ja froh, dass er sich überhaupt bereit erklärt hatte, uns abzuholen. »Kannste vergessen. Ich hab ihm doch schon eine Stunde länger aus den Rippen geleiert.«

Außerdem wollte ich am nächsten Vormittag zu Djego. Aber das behielt ich für mich. Was war schon ein Pferd, das man ohnehin zweimal in der Woche ritt, gegen eine Schulabschlussfeier, die es eben nur ein einziges Mal im Leben gab? Die anderen hatten so gar nichts übrig für meine Liebe zu den Pferden. Die Besitzerin des dunkelbraunen Wallachs,

Frau Tarakci, hatte mir eine SMS geschickt, dass sie es an diesem Wochenende nicht zum Reiterhof schaffen würde. Und sie hatte gefragt, ob ich Djego am Sonntag bewegen könnte. Natürlich konnte ich!

»Ich glaub, dahinten sind die Jungs!«, rief Dana plötzlich und lief auch schon los in Richtung Fahrradunterstand. Ich wunderte mich einmal mehr, wie sie mit diesen High Heels laufen konnte. Ich hätte an ihrer Stelle schon längst mit Gips im Krankenhaus gelegen. Doch sie stolzierte aufrecht und mit wiegenden Hüften davon, als sei der Laufsteg ihr Zuhause.

Rauchwolken stiegen im Schein der Straßenlaterne auf. Löti und seine dämlichen Zigaretten! Löti hieß eigentlich Bastian. Aber er hatte uns vor einiger Zeit erzählt, dass er im Betrieb seines Onkels eine Klempner-Lehre machen würde. Der Onkel hatte ihm in Ermangelung eigener Kinder in Aussicht gestellt, ihm den Betrieb zu überschreiben, wenn er sich nicht allzu dusselig anstellte und auch den Meister schaffte. Seitdem klebte der Name Löti an ihm wie Honig am Bärenmaul.

Seufzend und frierend folgte ich Dana und Sophie, die nun Arm in Arm Richtung Fahrradständer liefen.

Beim Näherkommen erkannte ich Lötis und Tammos Stimmen. Löti kniff die Augen zu Schlitzen zusammen, als er an seiner Zigarette zog, um sie dann Sophie hinzuhalten. Auch sie zog kräftig daran, gab sie Löti zurück und fing augenblicklich an zu husten.

Dana, Tammo und ich warfen uns vielsagende Blicke zu.

»Rauch mal noch eine. Hilft gegen Husten«, feixte Dana.

Tammo versenkte die Hände in den Hosentaschen und stellte sich auf die Zehenspitzen. »Also, jedes Mal wenn Löti sich Kippen kauft, werfe ich fünf Euro in mein Black-Pig. Wenn der so weiterqualmt, hab ich meine neue E-Gitarre nächsten Monat zusammen.«

Wir alle kannten das riesengroße schwarze Sparschwein aus Porzellan, das auf Tammos Fensterbank stand und einen mit seinen schrillen Neonaugen anglotzte, wenn man auf das Haus zuging.

Löti tat so, als würde er mit der Schuhspitze auf Tammos Schienbein zielen.

Ich stöhnte. »Na, ihr müsst ja Kohle haben!«

Djego zu reiten und seine Box sauber zu halten, brachte mir zwar ein bisschen Taschengeld ein, aber große Sprünge konnte ich davon nicht machen.

»Andere kaufen Biomöhren, um damit einen Gaul zu füttern«, lallte Löti. Er hatte eindeutig ein paar Bier intus. Keine Ahnung, woher er die hatte. Da einige aus unserer Stufe noch nicht sechzehn waren, gab es – außer dem Glas Sekt beim Empfang – auf der Party keinen Alkohol. Was mich nicht störte. Aber ich wusste natürlich genau, worauf er anspielte. Ich hatte tatsächlich mal im Bioladen eine große Tüte voll Möhren für Djego gekauft und Löti hatte mich »erwischt«.

Mir war inzwischen so saukalt, dass ich meine Füße schon gar nicht mehr spürte.

»Leute, mir ist saukalt. Ich spüre meine Füße schon gar nicht mehr.« Im selben Moment legte mir jemand von hinten ein Jackett über die Schultern. Erschrocken fuhr ich herum. »Marc!«

Die Dunkelheit war mein Retter! Zum Glück stand ich nicht im Lichtkegel der Laterne, denn die Röte brannte regelrecht auf meinem Gesicht. Der weiche Futterstoff von Marcs Jacke schmiegte sich um meine nackten Arme. Seine Körperwärme steckte noch darin. Unwillkürlich zog ich das Jackett enger um mich. »Voll lieb von dir«, flüsterte ich.

»Kein Ding für 'n King«, versicherte Marc. »Du schlotterst ja schon.«

Ich tat, als kitzelte mich etwas am Ohr – damit ich den Kopf neigen und unauffällig an der Jacke schnuppern konnte, die so gut nach Marc roch.

»Hey, was geht?«, fragte Marc. »Was steht an die nächsten Tage?«

Als hätten wir uns abgesprochen, zuckten wir gleichzeitig mit den Schultern. Irgendwie war in den letzten Wochen alles auf diesen einen Tag zugelaufen. Wir hatten unsere Energie in die Planung der Feierlichkeiten gesteckt und uns so auf diesen Moment gefreut – der nun gekommen war.

»Kein Plan«, sagte Löti. »Jetzt fallen wir alle gemeinsam in ein tiefes schwarzes Loch.«

Tammo zeigte ihm einen Vogel. »Dann fall du mal schön allein. Also, ich fange am Montag meinen Ferienjob an.« Er hatte einen der heiß begehrten Jobs beim Bio-Großhandel ergattert, wo er im Lager Bestellungen für Kunden zusammenstellen musste.

»Eigentlich blöd.« Sophie kickte ein Steinchen weg. »Wir

wollten doch zusammen Party machen, abhängen und so. Ich meine, so ewig lange bin ich ja nicht mehr da …«

Ja, nicht nur Löti würde uns verlassen, denn der Betrieb seines Onkels war zu weit weg, als dass er jeden Tag hätte fahren können. Auch Sophie war auf dem Sprung, um ein Praktikum in einer Kinder-Rehaklinik auf Borkum zu machen. Ein ganzes Jahr lang. Aber ein paar gemeinsame Wochen blieben uns noch.

»Wann genau haust du noch mal ab?«, fragte Marc.

»Am fünfzehnten Juli ist mein erster Praktikumstag«, sagte Sophie so leise, als würde sie ihren Entschluss schon wieder bereuen. Dann hob sie den Blick und sagte fast flehentlich: »Versprecht mir, dass wir es bis dahin noch so richtig krachen lassen, ja?«

Löti ließ seine Hand auf ihre Schulter sinken. »Darauf kannst du einen lassen, Lady. Und dann? Überleg mal. Dann kannst du jeden Tag an den Strand. Ist das geil oder ist das geil?«

»Ja, ist klar.« Sophie lächelte bereits wieder. »Ist halt so, dass ich jetzt schon weiß, dass ich euch tierisch vermissen werde.«

»Dann kommen wir dich eben besuchen«, versprach Tammo leichthin. »Don't panic!«

»Apropos«, hakte Dana nach. »Was steht denn nun an? Ich meine … Urlaub wär schon klasse, aber ich befürchte, dafür fehlt mir die Kohle.«

»Schätzelein«, sagte Löti und legte nun Dana den Arm um die Schultern. Er hob die Hand und maß mit Daumen und

Zeigefinger ein paar Zentimeter ab. »Urlaub gibt's auch für den ganz kleinen Geldbeutel. Muss ja nicht gleich ein Trip nach Mallorca sein. Bevor Miss Sophie auf die Insel abhaut, machen wir zusammen noch eine coole Tour.«

Dana verzog den Mund. »Was für eine zum Beispiel?«

»Na, wir könnten campen gehen«, schlug Löti vor. »Zelten. Lagerfeuerromantik. Tammo nimmt bestimmt auch seine Klampfe mit und dann …«

Dana sah nicht gerade begeistert aus. »Zelten? Aber nicht mit Pipi machen im Wald und so!«

»Es gibt ja auch Campingplätze«, sagte Löti. »Da hast du Klos und Duschen und einen Kiosk und alles, was du brauchst. Lass das mal den Löti machen.«

Plötzlich tauchte wie aus dem Nichts Nopel auf. Nopel war Tammos kleiner Bruder. Eigentlich hieß er Konstantin und war einer von den Cocktail-Mixern aus der Beachbar. Nopel zeigte mit dem Daumen über die Schulter. »Ey, da drinnen ist so 'n Typ, der sucht euch Mädels.«

»Schmales Gesicht, graue Haare mit Zopf, Ziegenbart?«, fragte ich.

Nopel nickte.

»Manuel«, sagten Dana, Sophie und ich wie aus einem Mund.

Mit der rechten Hand streifte ich mir langsam das Jackett von den Schultern und reichte es Marc. »Danke«, sagte ich und lächelte ihn an. »Ich schätze, die hat mir das Leben gerettet.«

»Das war der Sinn«, antwortete Marc.

Wir umarmten uns alle so fest, als gäbe es kein Wiedersehen. Der Moment war wirklich voller Emotionen. Dana, Sophie und ich winkten zum Abschied, bevor die Tür zur Aula uns verschluckte. Dann steuerten wir, getragen von den wummernden Bässen, durch die tanzende Menge auf den Eingang zu, wo Manuel auf uns wartete. Und ich fragte mich, ob man auf einem Campingplatz wohl auch ganz bestimmt ein Lagerfeuer machen durfte.

»Ich warte hier, bis du drinnen bist«, sagte Manuel, als wir zu Hause angekommen waren. Er hielt das Lenkrad mit beiden Händen umklammert.

Ich war verdutzt. »Kommst du nicht mit rein? Also, pennst du nicht bei uns … bei Mama?«

Manuel schüttelte den Kopf. »Ich schlafe besser in meinem Appartement. Ich muss morgen …« Er blickte kurz auf die Uhr. »… ich meine, heute früh raus. Die erwarten mich um zehn Uhr bei meiner Mutter.«

Manuels Mutter war dement und lebte seit längerer Zeit in einem Seniorenstift in der Nähe von Hannover.

»Puh, dann aber schnell ins Bett«, sagte ich. »Da danke ich dir erst recht, dass du uns gefahren hast!«

Und da sagte Manuel etwas, das mich schmunzeln ließ: »Kein Ding für 'n King!«

Ich wollte Mama nicht wecken und machte deswegen das Licht nicht an. Im Schein der Straßenlaternen, der durch die Fenster hereinfiel, schlich ich leise durchs Haus, immer auf der Hut vor Enzo, unserem Kater. Er kam oft lautlos an und strich einem um die Beine – es wäre nicht das erste Mal gewesen, dass ich über ihn gestolpert wäre. Aber er war nicht da. Vermutlich auf Checkertour, irgendwo draußen.

In meinem Zimmer knipste ich die Lavalampe im Bücherregal an. Und da sah ich ihn: Auf dem Schreibtisch stand ein riesiger Strauß mit kunterbunten Rosen! Davor lag ein Kärtchen mit einem handgekritzelten Smiley drauf. »Wir sind so stolz auf dich!«, stand da geschrieben. »Mama, Manuel, Oma Luise, Stefan & Enzo.« Hinter Enzo hatte Mama einen kleinen Pfotenabdruck gemalt.

Plötzlich musste ich weinen. Ich war total gerührt und fühlte mich irgendwie … verschwurbelt. Ich vermisste meine Freunde, die ich ja eben noch gesehen hatte.

Ich vermisste Marc.

Ich schloss die Augen und versuchte, mir seinen Geruch in Erinnerung zu rufen.

Bevor ich einschlief, ließ mich ein Geräusch noch mal hochfahren. Mein Smartphone vibrierte.

Nachricht von Sophie:

Ich fühl mich so … Yin und Yang. ☺
Owowow, das Leben ist krass.
Läuft da was zwischen Marc und dir?
Träum was Schönes.
Hdgdl.

Pläne

»Jana?«

Erschrocken ließ ich die Kardätsche fallen. Djego schnaubte und wich einen Schritt zurück.

»Entschuldige, Jana, ich wollte dir keinen Schreck einjagen.« Frau Islacker kam in die Box und bückte sich nach der Kardätsche. Ihre Haare waren zerzaust; sie trug eine Strickjacke über dem Schlafanzug und die Pyjama-Hosenbeine steckten in dunkelgrünen Gummistiefeln. »Was machst du denn in aller Frühe hier?«

Inzwischen hatte sich mein Herzschlag wieder beruhigt und ich schob meine Hand durch den Riemen der Kardätsche. »Guten Morgen, Frau Islacker.« Ich setzte meine Arbeit fort und fuhr Djego mit gleichmäßigen Strichen über das Fell. »Ich habe gestern eine SMS von Frau Tarakci bekommen. Sie ist beruflich unterwegs und kann auch dieses Wochenende Djego nicht besuchen. Sie hat mich gebeten, ihn zu bewegen.«

»Verstehe«, sagte Frau Islacker und zwinkerte mir zu. »Und dafür möchtest du die schöne Morgenstimmung nutzen.«

»Na ja, vielleicht auch, aber es ist so, dass ich mit meinen Freunden später noch zum Badesee will«, gab ich zu. »Wenn ich früh losreite, schaffe ich das alles.«

Frau Islacker nickte.

Das Wetter war innerhalb kürzester Zeit so beständig gut geworden, dass wir fast jeden Tag draußen unterwegs waren. Wir hatten Radtouren unternommen, den Badesee unsicher gemacht, abwechselnd bei Tammo oder Sophie im Garten gesessen und Spiele gespielt oder gegrillt und waren abends oft ins Kino gegangen.

Und Marc? Vielleicht hatte er gemerkt, dass ich etwas für ihn empfand. Er war mir gegenüber irgendwie – ich weiß, das Wort klingt schrecklich altmodisch – charmant. Nicht dass er mir deutlich gezeigt hätte, dass er in mich verliebt war. Aber er nahm mich wahr. Anders kann ich es nicht ausdrücken. Er sah mich einfach. Das allein kurbelte meinen Endorphinspiegel schon ordentlich an.

Heute, am Sonntag, hatte auch Tammo frei. Das Wasser im Badesee würde zwar noch eisig kalt sein, aber wir konnten den Tag am Ufer verbringen, Beachball spielen und picknicken.

»Dann hat Frau Tarakci dir also auch gesagt, dass sie sich beruflich verändern wird?«, fragte Frau Islacker, die ich schon fast wieder vergessen hatte.

Ich ließ die Kardätsche sinken. Was meinte Frau Islacker? Ich wusste nur, dass Frau Tarakci mich jetzt an drei Wochenenden in Folge gebeten hatte, mich außer der Reihe um ihr Pferd zu kümmern. Geld hatte sie mir dafür bereits überwiesen. Obwohl ich doch froh war, dass ich ihren Wallach reiten durfte! Dennoch nickte ich.

»Okay«, sagte Frau Islacker. »Ich wollte eigentlich auch nur nach Seidelbast gucken. Es sollte noch ein paar Tage dauern, bis das Fohlen kommt, aber man weiß ja nie. Dann viel Spaß euch beiden!« Sie hob die Hand zum Gruß.

Wenig später saß ich auf. Frau Islacker hatte recht gehabt: Die Idee, so früh am Morgen auszureiten, war wirklich eine gute gewesen. Kaum dass Djego und ich den Pferdehof hinter uns gelassen hatten, bot sich uns der freie Blick über die verzauberte Landschaft. Der Dunst hing wie eine dünne Schicht aus Zellophan über den Feldern, und die aufgehende Sonne ließ ihn in einem märchenhaft orangegelben Licht leuchten. In den Spinnennetzen glänzten Tautröpfchen und es lag eine friedliche Stille über der Welt. Nur die Morgenvögel tanzten bereits in der Luft und sangen ihre Melodien. Auch ein Raubvogel kreiste am Himmel. War das ein Milan, ein Bussard, eine Kornweihe, ein Sperber oder ein Habicht? Ich hatte es immer noch nicht gelernt, die Greifvögel voneinander zu unterscheiden.

Auf den Holzpfählen entlang der Entwässerungsgräben hockten Saatkrähen und krächzten sich dann und wann ihre Botschaften zu.

Ich sog die frische Morgenluft tief ein. Kein bisschen müde war ich, im Gegenteil, alle meine Sinne waren hellwach.

Frau Islackers Worte hatten mich ins Grübeln gebracht. Was hatte das zu bedeuten, dass Frau Tarakci sich »beruflich verändern« wollte? Sollte das heißen, dass sie zukünftig noch weniger Zeit hatte für ihr Pferd und dass ich Djego nun viel öfter reiten durfte? Ich beugte mich vor und tätschelte dem Wallach den Hals. »Na, wie würdest du das finden, mein Freund? Wir beide? Das wäre doch toll, oder?«

Djego schnaubte. Er wusste, dass ich mit ihm sprach. Tiere wissen immer, wenn man mit ihnen spricht. Wer etwas anderes behauptet, hat keine Ahnung!

Ich war auf jeden Fall der festen Überzeugung, dass Djego mich mochte. Vielleicht sogar mehr als das. Er war ein sehr sanftmütiges Tier, aber wenn ihm etwas nicht passte, konnte er das mit seiner Körpersprache sehr klar zum Ausdruck bringen. Wir beide waren schon immer beste Freunde gewesen, von der ersten Begegnung an hatte es ein festes Band zwischen uns gegeben. Die Art, wie er mich begrüßte, wie er still hielt, wenn ich aufsaß, wie er gehorsam unter meinem Zügel lief – das alles sprach eine eindeutige Sprache.

»Ich bin froh, dass ich eine so zuverlässige junge Frau gefunden habe, die so gut mit ihm umgeht«, hatte Frau Tarakci einmal gesagt und mir die Hand auf die Schulter gelegt. Dieses Lob war runtergegangen wie Öl.

Djego brachte mich mit einem erneuten Schnauben zurück ins Hier und Jetzt. Auch er schien an der orangegelben Morgenstimmung Gefallen zu finden – er hatte eindeutig Hummeln im Hintern. Also gab ich ihm die Zügel und ließ ihn seinen eigenen Takt finden. Ich überlegte, wo wir vielleicht ein Stückchen galoppieren konnten. Wege, die sich dazu eigneten, waren mit der Zeit rar geworden. Viele Felder waren zusammengelegt worden, damit die Landwirte mit ihren gigantischen Schleppern darauf arbeiten konnten. Etliche Feldwege, die sich früher zwischen den Äckern dahingezogen hatten, waren überflüssig und daher untergepflügt worden.

Aber einige gute Pfade gab es noch, Geheimtipps unter uns Reitern quasi.

Auf einen dieser Wege, der zwischen zwei großen Feldern zu einem Wäldchen führte, steuerte ich nun zu. Djego schien sofort zu wissen, was ich vorhatte. Er bekam mehr Körperspannung und richtete die Ohren fest nach vorn aus.

»Gemach, gemach, lieber Djego.« Ich hielt ihn lachend zurück. Doch dann hatten wir den Weg erreicht – und flogen nur so dahin. Djegos Hufe trommelten dumpf über den festen Boden. Die Erdanziehungskraft schien für kurze Zeit außer Kraft gesetzt zu sein.

Ich war glücklich.

Außer Atem parierte ich ihn am Ende des Feldweges durch, denn nun mussten wir über einen asphaltierten Wirtschaftsweg weiter.

Langsam erwachte die Welt. Die Sonne stand jetzt höher am Himmel und hatte den Morgendunst fast komplett weggebrannt. Nur hier und da zwischen einigen Büschen hielt er sich noch hartnäckig wie Zuckerwatte.

Die Saatkrähen machten nun richtig Krach und bevölkerten die Felder. Ein paar Kaninchen schlugen vor uns auf dem Weg wilde Haken, aber Djego interessierten die Kleinen nicht. Er trottete gemütlich am langen Zügel dahin. Er kannte den Weg.

Auch Islackers Pferdehof war zum Leben erwacht, als wir durch das schmiedeeiserne Tor zurückkamen. Frau Islacker winkte von Weitem und rief mir zu, ich könne »den Dicken« direkt auf die Weide bringen.

Unter dem großen Abdach vor dem Stall nahm ich Djego den Sattel ab, damit ich ihn nicht von der Weide zurückschleppen musste. Eben hatte ich ihn in der Sattelkammer auf den Halter gewuppt, da hörte ich mein Smartphone in der Westentasche brummen.

Es war eine Nachricht von Tammo: »Hey, falls du auf'm Grill was ohne Fleisch haben willst, musst du dir noch Grünfutter mitbringen.«

Ich seufzte, ging hinaus und griff nach Djegos Zügeln. »Ist doch immer dasselbe«, sagte ich zu dem Wallach. »Warum sind Jungs eigentlich damit überfordert, irgendwas für den Grill zu besorgen, was nicht vom toten Tier stammt?«

»Na, Djego wird wohl kaum eine Antwort darauf geben können, aber wenn du magst, kannst du dir ein paar Kartoffeln aus der Miete holen und in Alufolie wickeln«, sagte plötzlich jemand hinter mir. Herr Islacker, der Seniorchef, stemmte sich lachend die Fäuste in die Seiten.

Da hatte er mich also mal wieder dabei ertappt, wie ich laut mit Djego sprach! Ich wurde rot.

»Ich kann dich gut verstehen. Das ist wirklich eine Unsitte mit all dem Fleischgedöns«, fügte der alte Mann hinzu.

Ich nickte und freute mich, dass er das gesagt hatte.

»So, jetzt muss ich aber Djego zur Weide bringen.« Ich hob die Hand, mit der ich die Zügel hielt. »Wir wollen nämlich gleich noch mit der ganzen Bande …«

»… grillen«, vollendete Herr Islacker den Satz.

»Grillen«, wiederholte ich und winkte ihm gut gelaunt zum Abschied zu.

Gegen Mittag wurde es tatsächlich richtig heiß. Von dem dichten Morgendunst war nichts mehr übrig, die Sonne brutzelte förmlich von einem Bilderbuchhimmel. Wir waren nicht die Einzigen, die spontan die Idee hatten, zum Badesee zu fahren, aber Löti und Tammo waren so früh da gewesen, dass sie einen richtig coolen Platz ergattert hatten.

Dana und Sophie hatten mich zu Hause abgeholt. Sie rochen nach Sonnenmilch, beide hatten neue Sonnenbrillen und neue Flip-Flops. Nicht zu übersehen, dass sie gestern zusammen shoppen gewesen waren.

»Wann kommt Selisha denn nun endlich wieder?«, fragte Sophie, als wir, beladen mit Strandlaken, Picknickkorb, Badetaschen und einem Kubb-Spiel, auf Löti und Tammo zusteuerten, die uns von ihrem Platz aus wild zuwinkten.

Ich zuckte mit den Schultern und ließ meine Sachen neben den Jungs fallen. »Keine Ahnung. Sollte sie nicht gestern zurückkommen? Dachte ich jedenfalls.«

Natürlich fiel mir als Erstes auf, dass Marc noch nicht da war. Aber ich sagte nichts. Ich wollte ja keine schlafenden Hunde wecken.

Tammo und Löti hielten uns die Hände zum Einschlagen hin. Sie hockten auf ihren Matten und hatten die Köpfe zusammengesteckt.

»He, was habt ihr denn da?«, fragte Dana neugierig und ließ sich auf die Knie nieder, nachdem sie ihre Strandmatte ausgerollt hatte.

Löti fischte mit Daumen und Zeigefinger einen Prospekt von seiner Matte und wedelte damit durch die Luft. »Camping an der Landkrone. Das Freizeitvergnügen für Jung und Alt. Erleben Sie herrlichste Natur und angenehmen Komfort! Da bleiben keine Wünsche offen«, trällerte er.

»Zeig her.« Dana schnappte das Infoblatt aus der Luft.

Sophie spähte ihr über die Schulter. »Sieht cool aus! Das ist Richtung holländische Grenze, oder?«

Dana blätterte wie wild in der Broschüre. »Sind da keine Bilder vom Waschhaus? Also, eins sag ich gleich, wenn es da kein vernünftiges Waschhaus gibt, dann …«

Löti riss ihr den Prospekt wieder aus der Hand. »Hab ich nicht gesagt, du sollst Onkel Löti vertrauen? Ich weiß doch, wie du tickst, deshalb hab ich ja diesen Platz ausgesucht. Der Naturplatz, auf den ich viel lieber wollte, kommt für dich nämlich nicht infrage. Viel zu einfache Duschen und Klos.«

Löti schien ziemlich eingeschnappt zu sein. Er faltete den Flyer sorgfältig zusammen und schob ihn in die Seitentasche seines Rucksacks. »Der wär übrigens wesentlich preiswerter gewesen.«

»Ich mein ja nur«, erwiderte Dana kleinlaut.

Puh, ich hasste solche Situationen! Ich wollte, dass immer

alles von großer Harmonie durchflutet war. Aber jetzt lag ein fieses Knistern in der heißen Luft. Einen Moment überlegte ich, etwas Feenstaub über Löti und Dana zu pusten.

»Ach, Löti, das hast du schon richtig gemacht«, sagte ich beschwichtigend. »Ich finde so Naturplätze ja auch klasse, aber es spricht nun wirklich nichts gegen eine vernünftige Dusche. Hab ich recht oder hab ich recht?« Ich hielt ihm die flache Hand vor die Nase. »Kriege ich den Flyer jetzt auch mal zu sehen?«

Achselzuckend klaubte er die Broschüre wieder aus der Tasche. »Hier. Ist schon okay.«

Ich blätterte von einem Hochglanzbild zum nächsten. Und verstand sofort, was Löti meinte. Das alles sah nicht unbedingt nach Lagerfeuerromantik aus, sondern eher nach deutscher Ordnung: Strahlend weiße Wohnmobile standen in Reih und Glied, als hätte jemand mit dem Zollstock nachgemessen.

Jetzt mischte sich Tammo ein. »Ist bestimmt okay, der Platz. Wenn man keinen Strom braucht, kann man sein Zelt auf einer großen Wiese aufstellen. Dann ist das auch nicht so teuer. Richtig Sorgen macht uns eigentlich nur Seite fünf.«

Ich blätterte um. Seite fünf. Tammo, Löti und ich tauschten vielsagende Blicke. Auf dem Bild waren tanzende, frisch gestylte Senioren in bequemen Hosen und bequemen Schuhen zu sehen, die lächelnd in die Kamera winkten. Das Wort »Animationsprogramm« stach mir wie ein grelles Signallicht in die Augen.

»Also, das sag *ich* euch nämlich«, erklärte Löti, »wenn

die da den ganzen Abend so eine Schlagerkacke spielen, dann …«

Ich faltete das Blatt zusammen und tat so, als würde ich es ihm um die Ohren hauen. »… dann steht es ja eins zu eins«, stellte ich lachend fest. »Wir können unsere Zelte außerdem bestimmt weit genug weg von diesem Senioren-Tanzcafé aufstellen.« Es war schlicht eine Tatsache: Campen in freier Natur mit Sternenhimmel und Käuzchen-Klagen, das einen nachts in den Schlaf lullte, in Verbindung mit einem Waschhaus der Luxusklasse – das gab es wohl einfach nicht.

Betretenes Schweigen stellte sich ein. Aber nur kurz, denn Tammo hatte noch etwas anderes auf seiner Matte liegen. »Hier, wir haben schon mal gecheckt, wie wir hinkommen. Wir müssen erst ein Stück die Bahn nehmen.« Tammo tippte auf die Karte. Dann fuhr er mit dem Finger eine rot eingezeichnete Linie entlang. »Von da geht's mit den Rädern weiter. Leicht zu schaffen, ist ein ausgewiesener Radwanderweg. Der Campingplatz liegt auf der Strecke.«

»Das heißt, dass wir unser gesamtes Gepäck auf die Räder kriegen müssen samt Zelten, Isomatten, Schlafsäcken und allem Tüt und Töt«, erinnerte ich. »Wir nehmen also nur das Nötigste mit. Das finde ich cool. *Back to the roots,* quasi.«

Back to the roots mit Luxusdusche.

»Mal was anderes«, sagte Sophie schließlich. »Was wird uns der ganze Spaß denn kosten?«

Löti winkte ab. »Alles halb so wild.«

Sophie boxte ihn gegen die Schulter. »Was meine Frage sehr präzise beantwortet!«

»Kostet pro kleinem Zelt fünf Euro und dann noch mal pro Nase sechs. Also auf der Wiese. Ohne Strom.«

Dana runzelte die Stirn. »Pro Nacht?«

Löti zuckte mit den Schultern. »Was denkst du denn? Ist schließlich Hochsaison.« Und dann fügte er leise, fast beleidigt hinzu: »Den Natur-Campingplatz bekommt man für die Hälfte. Duschen kostet übrigens extra.«

Dana zeigte ihm den Stinkefinger.

Ich überschlug in Gedanken, was dabei pro Person herumkommen würde. »Wie lange wollen wir denn bleiben? Drei Tage? Vier?«

»So ein Gruppen-Tagesticket für den Zug ist auch nicht so teuer«, beschwichtigte Tammo. »Ein bisschen was für auf den Grill, ein paar Tütensuppen …«

»… Chips, ganz wichtig«, sagte Löti und zog eine Tüte »Ungarisch« aus seinem Rucksack.

In diesem Moment passierte es. Platsch! Ein kleiner Ball aus Gummi kam durch die Luft geflogen und prallte genau gegen Danas linken Oberarm.

»Aua!«, brüllte sie.

»Jemand Lust auf eine Runde Beachball?«, rief da eine wohlbekannte Stimme.

»Selisha!« Ich breitete die Arme aus und lief auf unsere Freundin zu. »Wo kommst du denn jetzt her?«

Selisha wies mit dem Daumen über die Schulter. »Von da drüben. Aus Sri Lanka.«

»Ha, ha, du Blöde!« Ich drückte sie an mich und hopste mit ihr auf und ab.

»Mir wird schlecht, mir wird schlecht!«, prustete sie los.

Dana rieb sich den Oberarm. »Mensch, und wir dachten, du arbeitest noch an deinem Jetlag!«

Selisha winkte ab. »Ach, das sind nur viereinhalb Stunden. Das merkst du kaum.«

Ich entließ sie aus dem Klammergriff und betrachtete sie.

Selisha trug ein atemberaubendes Sommerkleid mit einem orangegelb-roten Muster, das ihr seidig um die Beine wehte. Ich beneidete sie so um ihre olivbraune Haut und das glänzende schwarze Haar!

»Schön, dass du endlich wieder da bist.« Auch Tammo nahm sie fest in den Arm.

Selisha spähte ihm über die Schulter und sah die Karte auf seiner Isomatte liegen. »Was habt ihr denn da zu hexen?«

Löti klatschte in die Hände. »Supergeile Sache! Bevor Miss Sophie und ich euch verlassen, wollen wir zusammen campen gehen. Du bist dabei, oder?«

Selisha nahm den Prospekt, betrachtete einen Moment lang die Fotos, kommentierte das Seniorentanz-Bild mit keiner Silbe und ließ sich von Tammo die Anreise erklären.

»Mist!«, war dann ihr Kommentar.

»Was ist?«, fragte Löti. »Kannst du nicht? Oder findest du die Idee doof oder was?«

Jetzt grinste Selisha von einem Ohr zum anderen. »Doch, da kann ich. Und große Lust hab ich auch. Aber dann muss ich vorher noch mein Fahrrad reparieren!«

Löti grinste ebenfalls. »Kein Thema, Lisha. Onkel Löti hilft dir.«

Selisha warf lachend den Kopf in den Nacken. »Ich befürchte, Onkel Löti muss mir nicht nur helfen, er muss das sogar komplett für mich erledigen! In solchen Sachen bin ich ein Vollhonk, das wisst ihr doch.«

Und dann plätscherte der Nachmittag sanft dahin. Der Beachball zischte durch die Luft, die Sonnenmilch floss in Strömen, Selisha wagte es sogar, zusammen mit den Jungs unter lautem Gekreische ins eisige Wasser zu springen. Tammo heizte die Einweggrills an und wir ließen es uns schmecken. Als die Jungs zu einem Kommentar über meine Riesenchampignons und die Kartoffeln ansetzten, hob Dana blitzschnell die Hand, als wollte sie ihnen eine Backpfeife verpassen. Ich trank meinen Lieblings-Eistee aus dem Bioladen und schwieg eine Weile vor mich hin.

Marc war nicht aufgetaucht. Ich überlegte, ob er vielleicht nicht mitbekommen hatte, dass wir uns heute am See treffen wollten. Nein, das konnte es nicht sein. Was hatte das zu bedeuten? Mussten wir uns Sorgen machen? Es nervte mich, dass die anderen ihn mit keinem Wort erwähnten. Wussten die, wo er steckte und warum er nicht kam? Ich wollte um keinen Preis zu auffällig nach ihm fragen. Vor allem, weil Sophie schon etwas gewittert hatte.

Als gerade wieder eine unserer Kubb-Figuren fiel und Tammo, Selisha und ich gnadenlos beim Wikingerschach gegen Dana, Sophie und Löti zu verlieren drohten, hielt ich es jedoch nicht mehr aus.

Ich versuchte, so gleichgültig wie möglich zu klingen. »Weiß Marc eigentlich Bescheid? Ich meine, wegen der Campingtour und so.« Ich bemühte mich, nicht rot zu werden. Und Sophie nicht anzusehen.

»Ich funke ihn an oder fahr nachher noch bei ihm rum«, versprach Tammo.

Das brachte mich auch nicht weiter. Ein paar Mal guckte ich verstohlen auf mein Smartphone. Keine Nachricht in der Chatgruppe »End of school«. Ich wusste also nicht, ob ich besorgt oder traurig sein sollte. Aber ich beschloss, mir den Tag nicht verderben zu lassen. Das wäre ja noch schöner, wenn meine Stimmung davon abhinge, ob Monsieur Marc sich die Ehre gab oder nicht!

Bis zum Abend gluckten wir zusammen und hatten Spaß, die Haut trotz Sonnenmilch rot von zu viel Sonne und glänzend von jeder Menge Feenstaub. Wir waren aufgedreht und gleichzeitig erschöpft. Liefen ein letztes Mal barfuß in das seichte Uferwasser.

Schließlich musste Tammo nach Hause, denn er arbeitete am nächsten Morgen in der Frühschicht. Wir rafften unsere Sachen zusammen und packten alles auf die Räder.

»Das wird sicher megacool mit unserer Campingtour«, sagte Dana auf dem Heimweg. Genervt wedelte sie die lästigen Mücken weg, die plötzlich wie eine Invasion die Luft bevölkerten. »Wir müssen unbedingt an Anti-Mücken-Spray denken.«

Löti nickte heftig. »Ich freu mich wie Bolle! Wir sollten aber noch mal abchecken, wer was mitnimmt, wer ein Zelt hat und einen Kocher und so. Am besten über die Chatgruppe ›Landkrone, wir kommen!‹ schon mal sammeln, ja?«

Ich hob die Hand, boxte gegen die Gettofaust der anderen und bog in meine Straße ein. Löti grölte zum Abschied ein »Wohuh«. In einem der Vorgärten schüttelte ein alter Mann, der zu später Stunde Blumen goss, den Kopf.

Und dann schlug sie zu.

Meine Sehnsucht nach Marc.

Auf einmal war ich wirklich traurig.

In der Nacht weckte mich wieder mal ein Summton. Marc!, dachte ich sofort.

Gruppenchat-Nachricht von Selisha:

Ich glaub, jetzt packt mich doch der Jetlag.
Ich kann verdammt noch mal nicht pennen!
Und in Deutschland ist das Wasser viel zu kalt. ☺
Lisha

Niederschläge

Nein, geschockt war ich nicht, als Mama es mir verkündete. Eigentlich wusste ich ja auch, dass es irgendwann passieren würde. Aber als sie es dann aussprach, machte es doch etwas mit mir. Und das fühlte sich nicht gut an.

Manuel würde also bei uns einziehen.

Er würde sein kleines Appartement aufgeben und zu uns ziehen, in unser Reihenhaus. Die Fahrerei wurde ihm zu viel und außerdem, so sagte Mama, würde das eine Menge Geld sparen, von dem man sich viele schöne Dinge leisten könnte.

Es war ja wirklich nicht so, dass ich Manuel blöd fand. Im Gegenteil. Er versuchte nie, so zu tun, als sei er mein Vater. Er drängte sich nie auf. Er war immer für mich da, wenn ich seine Hilfe oder seinen Rat brauchte. Und er tat Mama gut. Das wusste ich.

Trotzdem. Der Gedanke, dass es bald kaum mehr Abende gäbe, an denen ich allein mit Mama kichernd auf dem Sofa säße, irgendeine stumpfe Quizshow guckte und Enzo davon abhielte, unsere Chipsschüssel zu entern, beunruhigte mich. Ich versuchte, es Mama gegenüber nicht zu zeigen, aber so richtig gelang mir das nicht.

Für Manuel war die Situation vermutlich noch schwieriger. Er ahnte wohl, was in mir vorging, denn er hatte plötzlich außergewöhnlich viele Termine wahrzunehmen. Er wollte Mama und mir offensichtlich Zeit geben, für uns zu sein.

Aber auch ich hatte ja viele Termine. Es war doch *unsere* Zeit, in der ich besonders viel mit meinen Freunden unternehmen wollte! Warum also sollte ich zu Hause rumhängen? Und so kam es, dass Mama oft allein in unserem Häuschen hockte, obwohl ich dabei ein schlechtes Gewissen hatte.

Außerdem war ich verwirrt, weil meine Stimmung plötzlich so krass von Marc abhing. Wenn ich vor Kurzem noch traurig gewesen war, als er nicht zum See gekommen war, so reichte beim nächsten Treffen schon ein beiläufiges Lächeln von ihm, und alle Bitterkeit war verflogen.

Seine Haare waren ziemlich lang geworden und neuerdings trug er sie häufig zu einem lässigen Knoten gedreht. Ich fand das wahnsinnig sexy.

Für die Campingtour hatte ich mir Fahrradtaschen von meinem Patenonkel geliehen. Ziemliche Hightech-Dinger waren das – natürlich absolut regenfest. Aber da wusste ich noch nicht, wie wichtig das bald werden würde.

Auf dem Fußboden in meinem Zimmer legte ich alles parat, was ich mitnehmen wollte. Ich hatte mir eine Liste gemacht, die ich aber immer weiter zusammenstrich, da mir klar wurde, dass ich das alles nie im Leben auf meinem Fahrrad würde verstauen können. Allein Isomatte und Schlafsack passten so gerade auf den Gepäckträger. Zum Glück hatte Tammo einen Fahrradanhänger aufgetrieben, mit dem wir die drei Zelte, den Kocher und die Gasflasche transportieren konnten.

Die Zelte waren recht klein, in dem größten würden die drei Jungs, in den beiden anderen jeweils zwei von uns Mädchen schlafen. Ich war voller Vorfreude, die angenehm im Magen kribbelte. Ich stellte mir vor, wie wir bis tief in die Nacht draußen hocken würden, Marc neben mir, und wie wir zu Tammos Gitarre singen und heiße Tütensuppe schlürfen würden …

Am Tag vor unserer Abreise drückte mir Oma Luise einen dicken Kuss auf die Backe und einen Zwanzig-Euro-Schein in die Hand. Sie wünschte mir viel Spaß – aber dann sah sie mich so ernst an, als bräche ich zu einer Himalaja-Expedition auf, von der ich möglicherweise nicht lebend zurückkehren würde.

»Ist das wirklich eine gute Idee mit eurer Tour?«, fragte sie besorgt.

Ich stutzte einen Moment und überlegte, ob meine Oma plötzlich Sorge hatte, zwischen uns Mädchen und den Jungs könnten Dinge passieren, die wir später bereuen würden.

Aber dann fügte sie hinzu: »Das Wetter soll doch so schlecht werden, Jana. Fahrt lieber ein anderes Mal!«

Lachend winkte ich ab. »Keine Angst, Oma, das wird

schon hinhauen mit dem Wetter. Außerdem können wir das nicht verschieben, später sind Sophie und Löti ja weg.«

Omas Worte hatten mich allerdings aufhorchen lassen. Nachdenklich zückte ich mein Smartphone und checkte die Wettervorhersage.

Und blickte fassungslos auf das Display.

Dann rief ich Löti an. »Hast du schon mal auf den Wetterbericht geschaut, Löti? Unsere Campingtour wird ins Wasser fallen. Aber ganz derbe. Da ist eine fiese Regenfront im Anmarsch.«

»Nun bleib mal geschmeidig!«, rief er. »Das wird schon nicht so schlimm werden. Beim letzten Mal haben die Wetterfuzzis auch nicht recht behalten. Und wenn alle Stricke reißen, gehen wir halt mal ins Bistro auf dem Platz und schwingen mit den alten Ladys das Tanzbein.«

»Sehr witzig!«, blaffte ich.

Die Wetterlagen-Problematik wurde anschließend ausführlich im Gruppenchat diskutiert und wir benannten uns kurzerhand in »Wir sind doch nicht aus Zucker!« um. Ich hatte wirklich große Bedenken, konnte ich mir doch nicht vorstellen, dass die Wetterheinis dermaßen danebenliegen würden. Aber die Jungen setzten sich durch.

Am nächsten Morgen waren wir alle ziemlich aufgedreht, als wir uns am Bahnhof trafen. Wir überspielten unsere Wetter-Katastrophen-Befürchtungen mit Albernheit und blöden Witzen. Noch regnete es nicht. Es war nicht mehr so warm und der Himmel war in ein diffuses Licht getaucht, aber er hielt dicht.

Marc erwähnte augenzwinkernd, er habe auch noch sein Ein-Mann-Wurfzelt eingepackt. Da würde man zu zweit nur reinpassen, wenn man sich ziemlich eng aneinanderkuschelte.

Mir stockte für einen Moment der Atem, und ich musste mich schnell ablenken, um nicht wieder mal rot zu werden.

Alles lief problemlos. Der Zugbegleiter witzelte mit uns herum, und als wir aus dem Zug stiegen, fanden wir den Radwanderweg ohne Schwierigkeiten. Löti bekam einen Lachflash nach dem anderen, weil der Fahrradanhänger so über die unebene Piste hoppelte. Und selbst Dana und Sophie, die nicht unbedingt trainiert waren, schafften die gut beschilderte Strecke spielend.

Der Campingplatz machte gar nicht so einen spießigen Eindruck, wie wir befürchtet hatten. Die jugendlichen Senioren hielten sich im Hintergrund.

»Willkommen an der Landkrone! Ich hoffe, ihr fühlt euch hier wohl«, begrüßte uns eine nette ältere Frau an der Rezeption. Sie hatte Beine dick wie Gurkenfässer und offensichtlich kein Problem mit jungen Leuten. »Ihr könnt euch auf der Zeltwiese einen Platz aussuchen.« Mit diesen Worten übergab sie uns drei Schilder, die wir an unsere Zelte hängen sollten.

Ich atmete ein bisschen auf und fragte mich, ob ich mit meinen Bedenken wegen des Wetters unnötig die Pferde scheu gemacht hatte. Doch ich hatte weiterhin so ein undefinierbares Gefühl. Als läge eine elektrische Spannung in der Luft.

Natürlich brauchten wir eine Weile, bis wir uns auf einen Platz für die Zelte geeinigt hatten. Nach einigem Hin und Her stellten wir sie strategisch günstig in der Nähe zum See und zur Feuerstelle auf, aber weit genug von beidem weg, sodass wir vor Mücken und Rauchschwaden geschützt waren.

Doch schon, als Sophie ihr Zelt aus dem Futteral zog, ahnte ich Schlimmes. Sie hatte es von irgendjemandem ausgeliehen und dieser Jemand bewahrte es offenbar in einem feuchten Keller auf: Ein unverkennbarer Muff stieg aus der Plane empor. Aber ich sagte nichts. Vielleicht hatte ich auch einfach nur ein zu empfindliches Näschen. Außerdem würde das Zelt vielleicht bis zum Abend auslüften – denn inzwischen war eine leichte Brise aufgekommen. Das war das Zweite, das mich stutzig machte: Der Wind war ein erstes Anzeichen dafür, dass das Wetter umschlug.

Das Zelt der Jungs hatte ein kleines, offenes Vorzelt, in dem wir die Kochstelle aufbauen wollten. Marc hatte sich bereit erklärt, den Gaskocher anzuschließen, und verschwand mit einer kleinen roten Rohrzange in der Hand hinter der Plane.

Wir anderen waren damit beschäftigt, unsere Schlafplätze einzurichten. Patenonkel Stefan hatte mir sogar seine sich selbst aufblasende Isomatte geliehen, die jetzt mit einem leisen Zischen Form annahm.

Mit neidischem Blick befühlte Selisha die Matte. »Cooles Teil. Na ja, meine Gymnastikmatte wird es für die paar Tage auch tun.« Sie setzte eine gespielt Mitleid heischende Miene auf und fügte augenzwinkernd hinzu: »Du weißt ja, ich stamme zur Hälfte aus einem Entwicklungsland. Da muss ich es doch gewöhnt sein, auf dem Boden zu schlafen!«

Ich schubste sie lachend auf ihren Schlafsack. »Du müsstest dir mal ein paar Polster anfuttern, du Klappergestell, dann liegst du auch bequemer!«

In diesem Moment hörten wir Marc laut fluchen. »Was ist das denn für eine Scheiße?«

Selisha und ich krabbelten eilig aus dem Zelt und sahen gerade noch, wie Marc die Zange ins Gras schmiss.

»Was ist denn los?«, fragte ich verwirrt.

Wütend zeigte Marc auf den zweiflammigen Gaskocher. »Das Teil ist der letzte Mist.«

Ich wagte natürlich nicht zu sagen, dass es womöglich an Marc selbst liegen könnte, dass er den Kocher nicht ans Laufen bekam.

Um Ruhe bemüht, bückte sich Löti nach der Zange. »Lass mich mal gucken.«

Perfekt. Löti würde das schnell in den Griff kriegen. Wenn einer Ahnung von so was hatte, dann schließlich unser angehender Klempner!

Doch auch er kam unverrichteter Dinge aus dem Vorzelt. »So ein Mist, da ist die kleine Steuerungswelle gebrochen!«

»Kannst du das nicht reparieren?«, fragte Selisha.

Löti zuckte mit den Schultern. »Ich wüsste jetzt gerade nicht, womit. Ich könnte höchstens …«

Aber Marc ließ ihn nicht ausreden. »Alles nur, weil du wie ein Idiot mit dem Anhänger über die holperigen Feldwege brettern musstest. Dabei ist das bestimmt kaputtgegangen.«

Ich war entsetzt. So hatte ich Marc noch nie erlebt! Ich starrte ihn an und wusste nicht, was ich sagen sollte. Und ich fragte mich, ob wir für diesen Trip wohl genug Feenstaub im Gepäck hatten.

»Jetzt mach mal halblang, Alter!«, blaffte Löti zurück.

Nun kam Sophie hinter ihrem stinkigen Zelt hervor, wo sie ihr Fahrrad abgestellt hatte. »Für alle Fälle haben wir noch den hier.« Sie hielt eine blaue Schachtel in die Höhe. »Ist zwar nur ein kleiner Ein-Flammen-Kocher, aber für Tütensuppe und Tee wird's wohl reichen.«

»Außerdem wollen wir ja auch noch ein Lagerfeuer machen«, erinnerte Tammo.

»Genau.« Ich nickte heftig. »Da schmeißen wir die Kartoffeln in Alufolie rein, die Opa Islacker mir geschenkt hat.« Der alte Herr hatte nämlich von unserem Ausflug erfahren und mir ein paar besonders dicke Kartoffeln eingepackt.

»Und wenn alle Stricke reißen, gibt es ja auch noch das Bistro«, versuchte nun auch Dana die Wogen zu glätten.

Marc verschwand wortlos im Zelt, um jetzt auch seinen Schlafplatz herzurichten. Hatte er nicht vorhin noch von seinem Wurfzelt gesprochen?

Wir anderen verdrehten die Augen – die Atmosphäre war vergiftet. Und ich war sauer. Ausgerechnet Marc hatte sich so dämlich verhalten. Ausgerechnet er!

Löti zeigte in Richtung Rezeption. »Ich schau mal, ob die mir ein bisschen Werkzeug leihen können. Vielleicht krieg ich den Kocher ja doch noch hin«, sagte er und verschwand.

Endlich war unser Zeltlager fertig aufgebaut und eingerichtet. Tammo spannte noch einmal sämtliche Schnüre nach, und während Löti am Gaskocher herumschraubte, trugen wir anderen Getränke, Chips, Handtücher und Tammos Gitarre zum See. Marc hatte sich abgesondert und sammelte Brennholz für die Feuerstelle.

»Was für 'ne Laus dem wohl über die Leber gelaufen ist?«, sagte Dana halblaut und prostete mir mit einer Cola zu.

Ich zuckte mit den Schultern. »Keine Ahnung.«

Dana schnaubte. »Blöd.«

Tammo klimperte auf der Gitarre, und wir sangen ziemlich schräg ein paar Textfetzen, die wir so kannten, von *Stairway to Heaven* bis *I see fire* und noch ein paar anderen Songs. Doch so recht wollte keine Stimmung aufkommen. Zumal die strahlende Sonne fehlte. Und als Löti heranschlenderte und verkündete, der Kocher sei nicht mehr zu retten, verbesserte das die Lage auch nicht gerade.

Immerhin kam Marc irgendwann zu uns rüber und wir vertrieben uns die Zeit mit Kartenspielen. Er hatte sich neben mich gehockt. Ich spürte seine Körperwärme an meinem Arm.

Eine Fliege hatte sich auf meinem Unterarm niedergelassen und krabbelte nun Richtung Handgelenk. Das kitzelte ungemein, aber ich wollte mich um keinen Preis bewegen, um den magischen Moment nicht zu stören.

Magischer Moment? Marc hatte sich doch wie ein Idiot benommen! Hatte Sophie in ihrer SMS so etwas gemeint, als sie »Ich fühl mich so Yin und Yang« geschrieben hatte? Den Kampf zwischen Bauchgefühl und Verstand?

Tammo und Löti entfachten endlich das Lagerfeuer; die fahle Sonne, die man nur erahnen konnte, stand schon tiefer am Himmel, und unsere Stimmen klangen gedämpfter. Längst hatten wir uns unsere Hoodies oder Fleece-Jacken angezogen. Löti machte sich ein Bier auf und ziemlich bald noch eins. Die Folien-Kartoffeln zischten in der Glut. Selisha hatte ein paar Stöcke angespitzt und sie und die Jungs hielten damit Würstchen über das Feuer.

Geht doch, dachte ich. Jetzt wird es gemütlich.

Nur die lästigen Mücken schlugen nun unbarmherzig zu und tanzten um das warme Feuer. Wir zogen uns die Kapuzen über den Kopf und hielten sie vorm Gesicht zusammen, denn an das Anti-Mücken-Spray hatte natürlich doch keiner gedacht. Sophie begann zu jammern und schlug wild um sich. »Scheißviecher, haut ab, haut ab!«

Wir sprachen über die letzten Wochen, den Schulabschluss, die Ferien. Wir sprachen aber auch über das, was bald kommen würde. Wer wo hinziehen, wer welche Schule besuchen würde. Darüber, dass Manuel bald bei uns wohnen würde, verlor ich kein Wort – und auch die anderen wirkten plötzlich nicht mehr ganz so aufgekratzt, was die Zukunft anging. Auf einmal überkam uns so etwas wie Wehmut.

Doch dann fiel Tammo die Wurst ins Feuer und alle lachten. Ich versprach ihm eine von meinen Kartoffeln zum Trost. »Gibt auch Kräuterbutter dazu.«

So weit sollte es allerdings nicht mehr kommen. Der Regen brach ohne Vorwarnung über uns herein. Nicht erst zögernd und tröpfchenweise. Nein, er ergoss sich über uns von einer Sekunde auf die nächste – als hätte im Himmel jemand mit einem Hebel die Schleusen geöffnet.

Über unserem Lagerfeuer stand eine dichte Wolke aus Wasserdampf. Selisha, Marc und Löti retteten ihre halb garen Würstchen, während ich meine Kartoffeln ihrem Schicksal überlassen musste.

Dann quetschen wir uns alle fluchend in das Zelt der Jungen. Löti hockte kopfschüttelnd auf dem Deckel des kaputten Gaskochers und kicherte vor sich hin. Sophie hatte von irgendwo einen großen Regenschirm herbeigezaubert, mit dem wir das Vorzelt etwas absicherten.

»Puh!«, stöhnte Dana und zeigte auf den Faltkanister. »Wie gut, dass wir noch den kleinen Kocher haben und ich vorhin Trinkwasser besorgt habe.«

»Zeit für Tütensuppe!«, rief Sophie und reckte die Faust in die Höhe.

»Zeit für Tütensuppe!«, stimmten wir ein.

Sophie öffnete die Schachtel und zog den Gaskocher heraus. Sie sah ihn verwundert an. »Hä? Wie soll der denn funktionieren? Sieht so anders aus …«

Marc riss ihr das Teil aus der Hand. »Oh, Mann, wie blöd kann man eigentlich sein? Da ist ein Gaslampen-Aufsatz drauf und nicht einer für ’n Kocher! Du Vollpfosten!« Kurzerhand pfefferte er die Lampe hinaus in den Regen.

»Aber …« Sophie machte eine entsetzte Miene. Tränen glänzten in ihren Augen, und mir war nicht ganz klar, ob der Grund dafür die Enttäuschung über ihren eigenen Fehler war oder die Wut über Marcs Verhalten.

»Fuck!«, motzte Marc. »Ich will jetzt einen heißen Kaffee.« Er kroch aus dem Zelt und rannte, das Fleece über den Kopf gezogen, durch den Regen Richtung Bistro.

»Hm«, machte Tammo. »Vielleicht sollten wir alle rübergehen und da was essen und trinken. Das mit der Suppe wird wohl nichts. Oder mit Tee. Oder Nudeln.«

Ich warf ihm einen strengen Blick zu. Er sollte es gut sein lassen. Sophie war die Sache peinlich genug.

»Ich versteh das nicht.« Jetzt begann Sophie zu schluchzen. »Ich hab gedacht … Also, mein Cousin hat mir das Teil als Kocher in die Hand gedrückt. Da gucke ich doch nicht extra noch mal nach!«

Selisha legte ihr den Arm um die Schultern. »Ist schon gut, Süße. Kann doch mal passieren. Außerdem ist das echt ein blöder Zufall, dass der andere Kocher auch im Eimer ist.«

»Und hör bloß nicht auf Marc«, zischte Dana. Dabei sah sie mich an, als ob *ich* etwas für Marcs idiotischen Ausraster könnte.

»Der ist selbst ein Vollpfosten!«, sagte ich deshalb.

Löti, der genau wie Selisha und Marc in sein halb fertiges Würstchen hineingebissen und es dann angewidert zur Seite gelegt hatte, fing plötzlich an, in einer der Taschen zu wühlen. »Also, mir reicht Toastbrot mit Scheibletten-Käse. Schokolade haben wir auch. Und hast du nicht vorhin was von Kräuterbutter gefaselt, Jana? Scheiß doch was auf das Bistro!« Er hob seine Dose und prostete uns zu. Wir prosteten mit Cola und Spezi zurück, obwohl ich mich inzwischen insgeheim auch nach einem heißen Tee sehnte.

Ich dachte über die Kombination von Schokolade und Kräuterbutter nach, während ich mir Letztere auf eine Scheibe Toast schmierte und Tomaten darauflegte.

»Improvisiertes Essen ist doch das beste«, stellte Tammo schmatzend fest.

Ich ertappte mich bei dem Gedanken, dass es mir jetzt völlig egal war, dass Marc allein im Bistro saß, seinen Kaffee schlürfte und vermutlich Pommes mit Currywurst dazu aß. Ich war hier bei meinen Freunden. Wir hielten zusammen den Regen aus, der inzwischen in bedrohlichen kleinen Rinnsalen durch das Vorzelt strömte. Ich dachte an Marcs Bemerkung wegen seines Wurfzeltes. Die kam mir jetzt absolut lächerlich vor. Ich verscheuchte den Gedanken und rief in die Runde: »Wir sind ja nicht aus Zucker!«

»Wir sind ja nicht aus Zucker!«, grölten die anderen einstimmig zurück.

Und dann plünderten wir sämtliche Toast- und Käse-Vorräte, die wir hatten, aßen Chips und Schokolade, bis uns langsam schlecht wurde.

Löti holte Sophies Gaslampe zurück und zündete sie an, sodass sie uns doch noch gute Dienste leistete.

Keiner fragte nach Marc. Er war nicht wiedergekommen. Vielleicht hatte er sich festgequatscht. Vielleicht war er abgehauen. Wer wusste das schon? Ich fühlte mich geborgen. Regen hin, Regen her. Alles war gut.

Wir waren zuversichtlich, dass am Morgen die Sonne wieder scheinen würde.

Dana beschloss irgendwann, nichts mehr zu trinken,

damit sie nicht Gefahr lief, nachts auf die Toilette zu müssen – das Waschhaus lag ein ganzes Stück von unserem Zeltplatz entfernt. Doch dank des Schirms machten Sophie und Dana nicht einmal Theater, als wir zum Zähneputzen durch den Regen mussten. Allerdings brauchten sie dann eine Ewigkeit fürs Abschminken und solchen Kram. Mich wunderte, dass sie sich zum Zelten überhaupt geschminkt hatten. Aber ich sagte nichts. Erst als Dana eine kleine Flasche Desinfektionsmittel zückte und damit ihre Flip-Flops einsprühte, bevor wir das – blitzblank saubere – Vier-Sterne-Waschhaus wieder verließen, fragte ich sie: »Übertreibst du nicht ein bisschen?«

»Nö«, antwortete sie schnippisch, rümpfte die Nase und flip-flopte an mir vorbei.

Im Schutz des Regenschirms nahmen wir vier uns noch einmal in den Arm, riefen »Schlaft gut!« in das Zelt der Jungen und krochen dann in unsere Schlafsäcke.

Eigentlich hatte ich die Sache schon vergessen, aber Dana rief sie mir ziemlich bald in Erinnerung.

Ich hatte mich gerade in meinem warmen Schlafsack eingemummelt, da hörte ich ihre hysterische Stimme. »So eine Scheiße hier! Da ist ja nicht auszuhalten!«

Sophies Antwort war leiser. Sie versuchte, Dana zu beschwichtigen. Es gelang ihr nicht.

Selisha richtete sich neben mir auf. Ihre Silhouette zeichnete sich gegen die Zeltplane ab. »Was ist denn bei denen los?«

»Ich glaub, ich weiß es«, sagte ich müde. Und ich wusste

zugleich, dass wir jetzt ein echtes Problem hatten. »Der Kellermuff!«

»Der Kellerwas?«

»Das Zelt«, erklärte ich. »Es stinkt extrem nach Keller.«

Selisha ließ sich zurückfallen. »Oh Mann, ja und? Kann die nicht einfach schlafen?«

Ich seufzte. »Vermutlich nicht.«

Und dann hörte ich auch schon den Reißverschluss. »Vergiss es!«, schimpfte Dana. »Keine Minute länger bleibe ich in diesem stinkenden Teil. Und ich sag dir was, unsere Klamotten werden den Geruch annehmen und das geht nie wieder raus. *Nie wieder.*«

Löti und Tammo hatten natürlich auch alles mitgekriegt. Als ich unser Zelt öffnete, hockten die beiden im Vorzelt – und Dana stand heulend im Regen. »Sag doch auch mal was, Jana!«, jammerte sie.

»Ist Marc eigentlich immer noch nicht wieder da?« Selisha lugte neben mir aus dem Zelt.

Nun stampfte Dana mit dem Fuß auf, sodass das Wasser hochspritzte. »Scheiß was auf Marc! Ich packe jetzt meine Sachen und rufe meinen Vater an. Der soll mich abholen.«

Ich wollte ihr erst vorschlagen, sie solle es doch mal mit ihrem Desinfektionsspray versuchen – aber mir war klar, dass Dana jetzt nicht zum Scherzen aufgelegt war.

Selisha streckte die Hand nach ihr aus und zog sie am Handgelenk zu sich heran. »Du kannst dich bei uns noch mit reinlegen. Komm, hol deinen Schlafsack.«

Dana versuchte, ihre Isomatte mit in unser Zelt zu quetschen. Vergeblich. Es war einfach zu eng. Außer dass jetzt jede Menge Regen ins Zelt geweht und Danas Schlafsack nass geworden war, hatte die Aktion nichts gebracht. Aber ohne Isomatte hätte Dana genau auf der Besucherritze zwischen Selishas und meiner Matte gelegen.

»Oder du pennst bei den Jungs«, schlug ich vor. »Da ist doch jetzt Platz. Wer weiß, ob Marc überhaupt wiederkommt. Und wenn, dann hat er ja noch sein Wurfzelt.«

Aber bei den Jungs wollte sie einfach ums Verrecken nicht schlafen.

Da sagte ich etwas, das ich noch bitter bereuen würde – um des lieben Friedens willen: »Wisst ihr was, Mädels? Ich geh rüber zu Sophie. Du kannst hier schlafen, Dana.«

Als die Uhr auf meinem Smartphone mir endlich signalisierte, dass es Zeit war aufzustehen, war das eine Erlösung. Ich hatte fast die ganze Nacht wach gelegen – der Kellermief war wirklich unerträglich gewesen. Am liebsten hätte ich Matte und Schlafsack gepackt und draußen geschlafen – wenn da nicht dieser verdammte Regen gewesen wäre, der permanent und monoton auf die Zeltplane geprasselt war. Mir war klar: Meinen Schlafsack und den Shorty würde ich mehrmals waschen müssen, um den Gestank wieder rauszukriegen. Oder beides gleich verbrennen.

Auch Sophie hatte sich unruhig hin- und hergewälzt. Sie hatte sich den Rand des Schlafsacks weit über den Kopf gezogen. Ich war mir nicht sicher, ob ihr Säuseln ein leises Schnarchen war oder ob sie weinte.

Unser Wunsch war natürlich auch nicht in Erfüllung gegangen: Der Regen war am Morgen noch genauso heftig wie am Abend zuvor, und als ich den Reißverschluss des Stinkezelts öffnete, sah ich mich einer großen Schlammpfütze gegenüber, die sich zwischen unseren Zelten gebildet hatte.

Ich krabbelte trotzdem hinaus. Einen Moment lang blieb ich draußen stehen. Der Regen lief wie ein feiner Schleier über mein Gesicht. Ein Spruch kam mir in den Sinn, den ich mal irgendwo gehört oder gelesen hatte: *Some people feel the rain, others just get wet.*

Ich lief barfuß durch den Regen zum Waschhaus, ganz ohne Eile. Drinnen setzte ich mich aufs Klo, stützte die Stirn in meine Handflächen und dachte nach, während über mir aus einem Lautsprecher leise Volksmusik trällerte. Ich legte die Fingerspitzen auf meine Wange, dorthin, wo Oma Luise mir den Kuss gegeben hatte.

Sie hatte recht behalten. Es war eine Schnapsidee gewesen, die Campingtour durchzuziehen.

Ich war traurig.

Als ich triefend nass zu unserem Zeltlager zurückkam, wurde mir das ganze Ausmaß unserer Misere bewusst. Inzwischen waren auch die anderen aus ihren Schlafsäcken gekrochen. Ratlosigkeit blickte mir aus ihren Gesichtern entgegen.

Der Regen hatte alles, was wir im Vorzelt gelagert hatten, aufgeweicht. Eine Naht am Zelt der Jungen hatte nicht dicht gehalten und sogar Tammos Gitarre war nass geworden.

»Verdammter Mist, wenn die jetzt kaputt ist«, sagt er mit besorgter Miene.

Löti wühlte in den feuchten Taschen herum. »Alles aufgefuttert. Nur noch Tee und Tütensuppen da, aber …«

»… die können wir nicht zubereiten, weil ich zu blöd bin!«, maulte Sophie. Ihr Gesicht sah völlig verheult aus. »Ich bin zu blöd, einen Gaskocher von einer Gaslampe zu unterscheiden, und ich bin zu blöd, ein Zelt zu organisieren, in dem man nicht vor lauter Gestank umkommt!«

»Sophie, nun mach mal halblang …«, setzte ich an.

Doch aus Sophies Augen schossen wahre Blitze. »Ja, du mit deiner gönnerhaften und selbstgerechten Art, du hältst dich doch eh für was Besseres, weil du das alles so heldenhaft erträgst. Aber gib doch einfach mal zu: Alles-hier-läuft-scheiße!«

Plötzlich kochte ich vor Wut. Das hatte ich nicht verdient!

Selisha zerrte mich ins Zelt. »Komm, du wirst ja ganz nass.«

Ich riss mich los. »Falsch, Selisha! Ich *bin* ganz nass. Und ich stinke nach Kellermuff.«

Dana wandte sich ab. Sie hatte wohl ein schlechtes Gewissen. »Irgendwie ist das alles ganz schön ekelig hier«, sagte sie.

Selisha klatschte in die Hände. »Leute, was haltet ihr davon, wenn wir zusammen im Bistro frühstücken?«, rief sie und sprach damit aus, was ich selbst gedacht hatte. »Da sitzen wir im Trockenen, kriegen knusprige Brötchen und heißen Tee und danach packen wir unsere Sachen und fahren nach Hause. Ergibt ja so keinen Sinn.«

Und das taten wir dann auch.

Im Bistro kam so etwas wie eine versöhnliche Stimmung auf, wobei Sophie und ich es vermieden, uns anzusehen. Ich fragte mich, wo all der Feenstaub hin war, der es uns sonst immer möglich gemacht hatte, alles mit Humor zu nehmen. Der Regen hatte ihn wohl fortgewaschen.

Marc blieb verschwunden. Er war weder im Bistro noch an der Rezeption oder im Waschhaus. Nur sein Rad stand noch da, wo er es abgestellt hatte.

Im Regen die nassen Zelte abzubauen, war tatsächlich kein Vergnügen. Dana hatte ihren Vater angerufen. Der kam mit seinem Kombi und holte sie und Sophie ab. Ich fand das unsolidarisch. Aber ich wollte ja nicht wieder selbstgerecht erscheinen und schwieg. Tammo war froh, dass er ihnen seine Gitarre mitgeben durfte, damit sie nicht noch größeren Schaden nahm.

Dann machten wir uns auf den Weg zum Bahnhof: Selisha, Tammo, Löti und ich.

Marcs Fahrrad blieb auf der Wiese zurück.

Keine Nachrichten im Gruppenchat.

Feenstaub-Allergie

Nass, wie ich war, hatte ich meine Sachen zu Hause einfach in den Wirtschaftsraum geworfen. Ich hatte nun wirklich keine Lust mehr, die Fahrradtaschen auszupacken. Der Schlafsack musste eh in die Wäsche, genau wie mein Schlafanzug.

Niemand war zu Hause. Nur Enzo warf mir aus dem Chefsessel einen verpennten Blick zu. Die Stille bedrückte mich.

Ich nahm eine heiße Dusche und wusch mir zweimal die Haare. Dennoch hatte ich das Gefühl, den Muff noch immer riechen zu können.

Im Flur sah ich, dass die Tür zum Gästeraum offen stand. Dort würde demnächst Manuels Zimmer sein. Ich blieb stehen. Das zugegebenermaßen arg verschlissene Schlafsofa war verschwunden. Stattdessen hatten sie Manuels dunkelbraune Ledercouch in den Raum gestellt. Mein altes Kuschelsofa war weg!

Das musste ich erst mal sacken lassen. Sie hatten mit dem

Umräumen also einfach angefangen. Kaum dass ich zu meiner Tour aufgebrochen war. So, als hätten sie nur darauf gewartet.

Ob sie sich überhaupt Gedanken darüber gemacht hatten, wie es mir da draußen bei dem Regen ergangen war?

Plötzlich kam Enzo herangeschlichen und strich mir um die Beine. Ich bückte mich und genoss das sanfte Gefühl, als sein seidiges Fell unter meiner Hand entlangstreifte.

»Weißt du was, Enzo?«, flüsterte ich und wischte mir eine Träne aus dem Augenwinkel. »Ich finde das wirklich alles gerade zum Kotzen.«

Ich ging in mein Zimmer und warf einen Blick aus dem Fenster. Draußen fiel noch immer der Regen in dünnen Fäden auf die Erde.

Über meinem Schreibtisch hing ein Foto von Dana und Sophie, wie sie der Kamera eine Handvoll Feenstaub entgegenpusteten.

»Sorry, Ladys«, murmelte ich und drehte entschlossen das Foto um, »aber ich glaube, ich bin neuerdings gegen Feenstaub allergisch.«

Und dann tat ich etwas, das ich seit Ewigkeiten nicht mehr gemacht hatte: Ich schaltete mein Smartphone aus.

Es gab nur einen Ort, an dem ich es jetzt aushielt. Das Wetter war mir egal. Ich zog meine Regenhose über die Reithose und eine wasserdichte Jacke über den Hoodie. Schon allein der Gedanke, dass ich gleich bei Djego sein würde, brachte mich wieder runter.

Ich trat ordentlich in die Pedale, duckte mich unter dem Regen hindurch und hatte schon bald den Stadtrand erreicht. Jetzt war es nicht mehr weit.

Die Trockenheit der letzten Wochen hatte den Boden dermaßen ausgedörrt, dass er jetzt die Regenmassen nicht aufnehmen konnte. Überall liefen Rinnsale über die Feldwege und hatten zum Teil die Erde mit sich fortgespült. Richtige kleine Bäche flossen an den Straßenrändern, Schlammpfützen standen an den Ackersäumen.

Vor Islackers Einfahrt schwamm eine Entenmutter mit ihren flauschigen Küken in einer Pfütze. Selbstvergessen winkte ich ihnen zu.

Es war mittlerweile Nachmittag. Bei dem Regen hatte kaum jemand Lust zu reiten. Nur in der Reithalle fand der reguläre Unterricht statt. Ich hörte Frau Islacker Kommandos durch die Halle rufen. Opa Islacker saß vermutlich bei seinem Nachmittagskaffee.

Ich schob mein Fahrrad unter die Remise. Nur ein weiteres Rad lehnte dort an der Wand. Ich starrte es einen Moment lang an und dachte an Marcs Rad. Ob es immer noch auf der Wiese stand? Nein, ich wollte ihm den Gefallen nicht tun, mir Sorgen um ihn zu machen.

In der Garderobe schälte ich mich aus meiner nassen Regenkleidung und eilte dann in die Stallgasse. Dass meine Jacke vom Haken rutschte und auf den Boden fiel, kümmerte mich nicht. Ich ließ sie einfach liegen. Ich freute mich so sehr auf Djego!

Der Wallach reckte den Kopf in die Gasse.

»Hey, mein Süßer!«, rief ich und streckte schon die Hände nach ihm aus. Sobald meine Handflächen sein Fell berührten, ging es mir besser.

Ich schlüpfte durch die Tür und genoss es, dass er mich mit einem leisen Schnauben begrüßte. Liebevoll schloss ich meine Arme um seinen Hals, grub meine Nase in seine Mähne und sog den so vertrauten Pferdegeruch ein. Meine Finger krallten sich in die Haare seiner schwarzen Mähne, drehten, zwirbelten sich hinein.

Und dann ließ ich den Tränen freien Lauf. »Alles ist plötzlich so anders, Djego«, flüsterte ich. »Nur du, du bist wie immer. Wenn es dich nicht gäbe!«

Am liebsten hätte ich laut geschluchzt, aber ich konnte mich gerade noch beherrschen. Niemand sollte mitbekommen, dass ich mein Herz diesem Pferd ausschüttete! Und man musste immer damit rechnen, dass jemand in den Stall kam.

Djego wippte sanft mit dem Kopf auf und ab, als wollte er sagen: Erzähl mal, was plagt dich denn, dich und dein Herz?

»Meine Freundinnen haben auf einmal alle einen Sprung in der Schüssel«, flüsterte ich in Djegos Mähne. »Na ja, bis auf Selisha. Selisha ist okay.«

Während ich mit wispernder Stimme erzählte, was geschehen war, erschienen die Gesichter meiner Freunde vor meinem inneren Auge. Eines nach dem anderen. Ich spürte eine große Traurigkeit in mir aufsteigen. Und Enttäuschung über unser toll geplantes, aber geplatztes Event.

»Ein Gutes hat es«, fuhr ich fort. »Dieser dämliche Campingtrip hat bei ein paar Leuten das wahre Ich zum Vorschein gebracht.« Ich überlegte. »Ha, meins auch, Djego«, frotzelte ich dann. »Ich bin ja selbstgerecht. Gut zu wissen!«

Nur bei dem Gedanken an Selisha überkam mich kein blödes Gefühl. Warum musste ausgerechnet sie auf eine andere Schule gehen als ich? Ich wusste doch, wie so was ablief: Langsam, aber sicher verlor man sich aus den Augen.

Und Mama und Manuel? Ich fühlte mich plötzlich so ausgeschlossen!

Meine Finger verkrampften sich in der Mähne und Djego zuckte.

»Oh, verzeih, lieber Djego, habe ich dich etwa gezwickt?« Schnell löste ich meine Finger aus der Mähne und streichelte ihm über den Hals.

Der Wallach stampfte auf und schüttelte den Kopf. Die Mähnenhaare zischten leise durch die Luft. Als wenn er sagen wollte: Ist gut jetzt. Genug gejammert. Rück dein Krönchen zurecht, raff die Rockschöße und weiter geht's!

Aber so einfach war das nicht.

Der Regen prasselte jetzt leiser auf das Stalldach und ich entschloss mich auszureiten. Ich musste einen klaren Kopf bekommen.

Nachdem ich Djego in der Stallgasse geputzt, aufgezäumt und gesattelt hatte, holte ich mir aus der Garderobe einen der langen, weiten Regenmäntel, die dort für solche Gelegenheiten hingen.

Auf diese Weise gut geschützt, machte ich mich mit Djego auf den Weg. Ich ließ ihn langsam am langen Zügel gehen.

Der Boden auf den Feldwegen war glitschig, wie mit einer dünnen Schicht Schmierseife bedeckt. Ganz anders als noch bei unserem letzten Ausritt.

Ich hatte es nicht eilig, wollte meinen Gedanken nachhängen und meiner Traurigkeit Raum lassen. Wie und wo konnte man das besser als auf dem Rücken seines liebsten Pferdes?

Außerdem: Der Regen hatte auch sein Gutes. Er machte die Luft frisch und sauber. Ich atmete tief durch, spürte das leichte Prickeln auf der Haut, als sich ein feiner Film winziger Tropfen auf mein Gesicht legte. Merkte, wie mein Kopf langsam wieder klar wurde. Der kräftige Körper unter mir gab mir Halt. Auf Djegos Rücken fühlte ich mich sicher. Das monotone Stampfen der Hufe beruhigte mich. Lullte mich ein wenig ein.

Ich lenkte meinen Blick in die Ferne. Durch die Nässe wirkten alle Konturen unscharf, alles ging ineinander über, Büsche und Bäume, Felder und Wiesen, Himmel und Erde. Der Regen schluckte die Geräusche. Kein Zwitschern war zu hören. Auch die Vögel hatten irgendwo Schutz gesucht.

Ich fragte mich, was schiefgelaufen war. Hätten wir mit einem intakten Gaskocher durchgehalten und dem Regen getrotzt? Ich glaubte nicht daran. Aber war ich womöglich wirklich selbstgerecht? Kam ich so rüber? Oder steckte noch etwas anderes hinter Sophies Worten?

Eins war sicher: Wir hätten auf Oma Luise hören sollen. Manchmal waren die Bedenken der Alten eben doch nicht so weit hergeholt!

»Tut mir leid, Djego, heute können wir nicht galoppieren, viel zu rutschig überall«, sagte ich, während mir ein dicker Regentropfen von der Nase fiel.

Ich blickte dem Tropfen nach, der auf meinem Handrücken gelandet war. Meine Hände ruhten auf Djegos Widerrist. Ich entdeckte Dreck unter meinen Fingernägeln. Etwas wurde mir jetzt bewusst und das fühlte sich gut an: Ich gehörte hierher, aufs Land. Ich brauchte keine High Heels, kein Desinfektionsspray für meine Flip-Flops. Am wohlsten fühlte ich mich in meinen Stallklamotten. *Mir* machte der Regen nichts aus. *Some people feel the rain, others just get wet.* Ich gehörte zu den Menschen, die den Regen fühlten. Ich streckte meine Hand aus und sah zu, wie die Regentropfen meine Handfläche benetzten.

»Wir müssen wohl langsam mal umdrehen, wir beide«, sagte ich schließlich und seufzte. »Danke auf jeden Fall, du hast mir geholfen, meine Gedanken zu sortieren. Ein paar Antworten müssen mir dann andere geben. Aber ich befürchte, sie werden sie mir schuldig bleiben.«

Als wir in den Weg zum Reiterhof einbogen, setzte fast mein Herzschlag aus. Auf dem Hof stand das Auto von Frau Tarakci! War mir etwas durch die Lappen gegangen? Hatte sie mir mitgeteilt, dass sie heute kommen würde und selbst mit Djego ausreiten wollte? Hoffentlich war sie nicht sauer!

Langsam trotteten wir auf den Hof zurück. Niemand war zu sehen. Auch die Reitstunde war mittlerweile zu Ende. Ich spürte einen unangenehmen Druck im Kopf.

Kaum hatte ich abgesessen, kam Frau Islacker auf den Hof

gestürzt. »Da seid ihr ja, Jana! Frau Tarakci ist in meinem Büro. Am besten versorgst du Djego und kommst dann direkt dazu.«

Ich nickte zaghaft. »Ja, ich habe ihr Auto gesehen. Ich … Ich wusste nicht, dass sie hier sein würde. Hätte ich … Hätte ich nicht …?«

Frau Islacker winkte ab. »Das konntest du ja gar nicht wissen. Alles in Ordnung, aber es gibt etwas zu besprechen.«

Irgendwie erleichterten mich Frau Islackers Worte keineswegs. Okay, ich hatte offenbar keinen Fehler gemacht, das war schon mal gut. Aber wenn es etwas Erfreuliches zu bereden gäbe, hätte sie irgendeine Andeutung gemacht, so viel war klar.

Meine Finger zitterten heftig, während ich dem Wallach Sattel und Zaumzeug abnahm, ihn gründlich trocken rieb, bürstete und dann in seine Box brachte. Ich zögerte, als ich in die Stallgasse trat, und drehte mich noch einmal zu ihm um. Es war wie eine Vorahnung.

Auf dem Hof bemerkte ich, dass ich den langen, weiten Regenmantel noch trug. Ich ließ ihn an. Ich fühlte mich darunter geschützt. Nicht nur vor dem Regen.

Die Tür zum Büro stand offen. Die beiden Frauen unterhielten sich, es klang sehr entspannt.

»Jana!« Frau Tarakci erhob sich aus dem Besuchersessel und kam mir entgegen, wobei ihr kastanienbraunes Haar wippte. Die große, schlanke Frau lächelte mich freundlich an und ergriff meine Rechte mit beiden Händen. »Wie schön, dich zu sehen. Du hast also meinen Djego noch ein bisschen bewegt. Puh, bei dem Wetter …« Sie ließ meine Hand los, und ich bemerkte, dass immer noch Wasser von meinem Mantel tropfte.

»Regen macht mir nichts aus.« Ich rang mir ein Lächeln ab. »Ich hoffe, das war nicht …«

Aber auch Frau Tarakci ließ mich nicht ausreden. Sie hob die Hand. »Alles gut! Ich bin ja froh, dass ich mit dem Tier bei dem Wetter nicht rausmuss. Aber setz dich doch.«

Nun blieb mir nichts anderes übrig, als den nassen Mantel auszuziehen. Ich brachte ihn in den Flur.

Die Art und Weise, wie Frau Tarakci die Hände knetete, zeigte mir, dass offenbar doch eine unerfreuliche Nachricht auf mich wartete. »Nun …«, setzte sie schließlich an und sah mir direkt in die Augen. »Jana, du weißt ja, dass ich sehr froh bin, dass du dich so zuverlässig um Djego kümmerst. Du reitest sehr gut, davon konnte ich mich schon oft überzeugen. Allerdings …« Sie machte eine Pause.

»Hab ich etwas falsch gemacht?«, fragte ich zögerlich.

»Aber nein, keineswegs!«, rief Frau Tarakci.

Wie um die Antwort zu unterstreichen, nickte auch Frau Islacker.

Dann konnte das ja eigentlich nur bedeuten, dass sich aus einem anderen Grund nun jemand anderer um Djego kümmern sollte. Vielleicht ein Freund oder eine Freundin von Frau Tarakci?

Die senkte jetzt den Blick. »Die Sache ist die, Jana, Frau Islacker hat dir ja schon erzählt, dass ich mich beruflich verändert habe. Meine neue Arbeitsstelle ist ziemlich weit weg von hier. Während der Probezeit bin ich immer noch gefahren, doch nun steht fest, dass ich dort dauerhaft arbeiten werde. Ich muss deshalb umziehen. Aber der Weg hierher zum Pferdehof wäre zu weit.«

Etwas in mir machte einen Satz. »Möchten Sie, dass ich mich noch häufiger um Djego kümmere?«, fragte ich ganz naiv.

Jetzt legte mir Frau Tarakci die Hand auf den Arm. »Nein, Jana. Du hast mich nicht richtig verstanden. Ich werde mein Pferd mitnehmen und es dort in einem Stall unterbringen. Es ist alles schon geregelt. Am Wochenende werde ich Djego bereits holen.«

Instinktiv zog ich meinen Arm unter ihrer Hand fort. Eigentlich wollte ich das nicht, es war mehr ein Reflex. Doch das Gefühl, dass mir gerade jemand vollends den Boden unter den Füßen wegriss, überwältigte mich. Zum Glück saß ich.

»Tut mir leid. Du bist jetzt bestimmt traurig.« Frau Tarakci begann wieder, die Hände zu kneten. Sie warf Frau Islacker einen Hilfe suchenden Blick zu. Die fragte mich, ob ich auch eine Tasse Tee haben wollte, stand auf und ging zum Aktenschrank, wo eine gläserne Teekanne auf einem Stövchen stand.

Fast hätte ich gesagt: »Mir wär jetzt mehr nach Tütensuppe.«

Aber ich sagte nichts. Kein Wort. Ich fühlte mich völlig durcheinander. Gedankenfetzen schwirrten mir durch den Kopf. Schlafsofa. Kellermuff. Marc. Regenmantel. Djego.

Djego. Djego. Seidiges Katzenfell. Tropfen. Tränen. Oma Luise.

Scheibletten-Käse. Feenstaub. Ganz viel Feenstaub.

Doch ich hatte ja beschlossen, von nun an dagegen allergisch zu sein. Also kein Feenstaub.

Frau Islacker drückte mir eine Tasse in die Hand und nickte mir aufmunternd zu. »Mir tut es auch leid, Jana. Ich hatte gedacht, das käme jetzt nicht so überraschend für dich. Wir halten nach einem neuen Pflegepferd für dich Ausschau, ja?«

Aber ich wollte kein anderes Pferd. Ich wollte Djego.

Hatte ich mich vorhin auf seinem Rücken noch so geborgen und sicher gewähnt, so fühlte ich mich nun vollkommen verloren.

»Bis zum Wochenende ist er ja noch da. Ich würde mich freuen, wenn du bis dahin möglichst viel Zeit für ihn hättest«, hörte ich Frau Tarakci wie durch Watte sagen. »Und das Geld bekommst du natürlich auch noch für den nächsten Monat.«

Ich trank einen Schluck Tee, stellte die Tasse auf den Schreibtisch und stand auf. Nickte kurz. Ich konnte nichts sagen. Mein Mund war trotz des heißen Getränks wie ausgetrocknet.

Ganz automatisch griff ich nach dem Mantel, krampfte die Hand darum und drückte ihn mir an die Brust. Langsam ging ich aus dem Büro und die paar Stufen zum Eingang hinunter. Mir war schwindelig. Ich hielt mich am Geländer fest.

Unten lief ich genau auf das Schwarze Brett zu. Normalerweise beachtete ich es nicht weiter, doch nun erkannte ich durch einen Tränenschleier einen neuen Aushang. Einen DIN A3 großen Zettel. Ich blieb stehen, blinzelte mir die Tränen aus den Augen und las …

Gegen Mitternacht. Smartphone wieder in Funktion. Nachricht von Selisha:

> Jana! Wo bist du?
> Habe Marcs Mama getroffen. Er ist nicht nach Hause gekommen. Hat seinen Eltern eine kryptische Nachricht geschickt, sie sollen sich keine Sorgen machen. Er ist bei irgendwelchen Leuten. Alles sehr seltsam.
> Verdammt, wo steckst du???

Teil 2

Aufbruch

Rabenvögel

»Du willst *was?*«, fragte Mama ungläubig. Sie starrte noch einmal auf das Blatt Papier, das sie mit beiden Händen festhielt, als könnte es davonfliegen, und ließ es dann auf ihren Schoß sinken. Es war der Zettel, den ich vom Schwarzen Brett auf Islackers Pferdehof abgerissen hatte.

Mama sah mich an, als wüsste sie nicht, ob sie in Tränen ausbrechen oder mich anschnauzen sollte. Vermutlich hätte sie am liebsten beides gleichzeitig getan. Aber sie blieb ganz ruhig. Zumindest oberflächlich.

Wir hatten es uns richtig schön gemacht und saßen auf der Terrasse in der Sonne, die zu unserer großen Freude zurückgekehrt war. Ich hatte Mama und mir einen alkoholfreien Cocktail gemixt, eine Eigenkreation aus Erdbeerpüree, Kokosmilch, Mandelsirup und Ananassaft. Manuel war nach Hannover gefahren. Es war ein günstiger Augenblick, Mama einzuweihen. Das heißt, eigentlich weihte ich sie nicht ein. Ich stellte sie vor vollendete Tatsachen.

»Ich möchte die Lehrstelle annehmen«, sagte ich und erwiderte mit festem Blick den ihren.

»Noch einmal der Reihe nach, damit ich das auch richtig verstehe«, forderte Mama. »Du willst also nicht weiter zur Schule gehen, wie wir das besprochen und geplant haben, sondern diese Ausbildung hier machen?« Sie hob den Zettel in die Luft. Ihre Hand zitterte deutlich.

Ich nickte. Immer noch ganz ruhig. »Eine Ausbildung zur Pferdewirtin, ja.«

Verwirrt sah sie auf den Zettel. »Wo ist der überhaupt, dieser Hof Schlei…«

»Schleinhege«, kam ich ihr zur Hilfe. »Der liegt im Münsterland.«

Mama riss die Augen auf. »Im Münsterland?«

Langsam fing mein Herz richtig an zu trommeln. Aber ich fühlte mich stark. Denn ich wusste genau, was ich wollte. Ich brauchte nur noch Mamas Zustimmung. »Ja, Mama, ich werde während meiner Ausbildung dort auf dem Hof wohnen. Die haben auch Pensionszimmer; eines davon stellen sie mir zur Verfügung. Hab ich alles schon mit denen besprochen.« Ich holte tief Luft. »Und übrigens werde ich dann natürlich trotzdem zur Schule gehen. In Münster. Berufsschule. Ist ja klar.« Ich versuchte, so locker und beiläufig zu klingen, wie es nur eben ging. Dabei spürte ich meinen Herzschlag jetzt bis in den Hals.

Mamas Stimme bekam einen scharfen Unterton. »Wie, du hast alles schon mit denen besprochen?«

Ich nickte in Richtung des Zettels. »Na, du hast doch gelesen, die suchen ganz dringend und kurzfristig einen Auszubildenden. Der Junge, der die Stelle eigentlich hatte, ist plötzlich abgesprungen. Na ja, und da dachte ich, ich ruf da lieber mal fix an, bevor mir jemand die Stelle vor der Nase wegschnappt.«

»Und bevor du mit deiner Mutter geredet hast«, fügte Mama streng hinzu.

»Ja, so ist das, Mama, du musst im Grunde nur noch zustimmen.«

Mama schnippte mit den Fingern. »Klar, ich sag dann einfach mal, tschüss, mein Mädchen, du machst das schon! Und was ist mit dem Fachabi-Plan?«

Ich zwinkerte ihr zu. »Wie sagt man so schön? Über Bord geworfen.«

»Jana!« Jetzt klang Mama richtig zornig. »Mir ist nicht zum Spaßen zumute. Was ist denn auf einmal in dich gefahren?«

Das war natürlich die Frage, mit der ich gerechnet hatte und die ich nicht ehrlich beantworten konnte.

Doch bevor ich irgendwie reagieren konnte, fuhr Mama fort. Diesmal mit gesenkter Stimme. »Oder ist das, weil … Ich meine, wegen Manuel und …«

»Nein!«, rief ich mit Nachdruck und richtete mich dabei in meinem Stuhl auf. Doch dann gab ich, etwas leiser, zu: »Na ja, vielleicht auch ein bisschen.«

Wir schwiegen einen Moment. Aber es war kein unangenehmes Schweigen. Wir sammelten uns und sortierten unsere Gedanken.

»Jana«, sagte Mama schließlich ganz sachlich. »Es muss

doch einen Grund dafür geben, dass du jetzt plötzlich alles über den Haufen wirfst, was wir uns ausgedacht haben. Du kannst mir doch nicht erzählen, dass das so aus heiterem Himmel über dich kam! Wenn es damit zu tun hat, dass Manuel bei uns einziehen wird, dann …«

Aber ich bremste sie direkt aus, indem ich meine Hand hob. Und zu meinem Glück kam Enzo herbei, sprang auf Mamas Schoß und kringelte sich dort ein. Katzen haben auf Katzen liebende Mütter großen Einfluss: Sie beruhigen sie ungemein, besonders wenn sie eingekringelt auf deren Schoß liegen. Sehr geschickt.

»Ich habe einfach plötzlich gemerkt, dass ich genau das will!«, sagte ich. Was stimmte, wenn es auch nicht die ganze Wahrheit wiedergab. »Ich hab den Zettel dort hängen sehen und dann hat es klick gemacht!«

Mama ließ schweigend die Hand über Enzos Fell gleiten.

»Ich weiß, ich kann mit meinem Zeugnis auf jede Schule«, fuhr ich nach einer Weile fort. »Aber als wir die Entscheidung getroffen haben, da war mir gar nicht klar, dass ich ja auch so eine megatolle Ausbildung machen könnte. Du weißt, wie sehr ich Pferde liebe. Frau Islacker sagt, dass ich eine sehr gute Reiterin und absolut verantwortungsbewusst bin und so. Und du hast immer gesagt, ich soll das machen, worauf ich Lust habe.«

»Ja, schon«, gab Mama zu. »Aber was wird denn Frau Tarakci sagen, wenn du ihr erklären musst, dass du dich nicht mehr um Djego kümmern kannst? Ich dachte, du liebst dieses Pferd so sehr.«

Ich schluckte. Sie hatte mich eiskalt erwischt. Ich holte also tief Luft, bevor ich antwortete: »Djego ist nicht mehr bei Islackers, Mama.«

»Ach?« Mama zog eine Augenbraue hoch. Ich beneidete sie darum. Das einseitige Augenbrauenhochzieh-Gen hatte sie mir leider nicht vererbt.

»Ja, Frau Tarakci hat einen neuen Job angenommen und musste umziehen«, erklärte ich knapp. »Ihr Pferd hat sie mitgenommen. Gestern.«

Mama senkte den Blick. »Seltsam, dass du mir davon nichts erzählt hast. Das tut mir leid, Liebes. Ich weiß, wie wichtig Djego für dich ist. Sorry, ich meine, war. Ist das der Grund für deine Entscheidung? Enttäuschung? Trotz? Versteh mich nicht falsch, Schatz. Ich möchte nur nicht, dass du vorschnell eine Entscheidung triffst, die du hinterher bereust. Denn das hier«, sie tippte auf den Zettel, »ist schon sehr weitreichend. Das ist dir hoffentlich bewusst.«

»Klaro«, sagte ich leichthin. Dabei klang ich lockerer, als ich mich fühlte. Ich saugte einmal kräftig an meinem Strohhalm, schmeckte die köstliche Süße, schluckte und fühlte so etwas wie Euphorie. »Mama, seit ich diesen Aushang gesehen habe, weiß ich, dass es genau das ist. Es fühlt sich einfach richtig *richtig* an, verstehst du? Mir ist noch mal ganz deutlich bewusst geworden, dass das Landleben genau meins ist.«

»Ja, und deine Freunde?«, hakte Mama nach. Sie ließ nicht locker. »Was werden die dazu sagen? Und wirst du sie nicht vermissen?«

Bähm! Da hatte sie mich schon wieder erwischt. Konnte ich ihr die Wahrheit sagen? Dass ich meine Freunde seit Kurzem ziemlich überhatte? Und dass es mir völlig schnurz war, was sie dazu sagen würden?

»Jana, ihr wolltet doch noch so viel unternehmen, bis die Schule wieder losgeht!«, sagte Mama.

»Sophie und Löti gehen ja auch weg.« Ich zuckte mit den Schultern.

»Ja, ich weiß«, erwiderte Mama. »Und wenn ich mich recht erinnere, dann fandest du das bisher nicht so klasse. Wann reisen die beiden eigentlich ab?«

Ich wurde rot, denn in diesem Moment wurde mir bewusst, dass Sophie bereits zur Insel aufgebrochen war. Wir hatten uns nicht verabschiedet. Zu spät. Aber hätte sie nicht auf mich zukommen müssen? *Sie* hatte *mich* schließlich angezickt!

»Sophie ist schon weg«, erklärte ich. »Die hat morgen ihren ersten Tag. Und Löti … Ich glaube, nächstes Wochenende fährt der.«

Mama löste die Hand von Enzo und griff nach dem hohen Glas. »Wirklich gefährlich lecker, das Zeug«, lobte sie.

»Mama!«, drängte ich. »Was ist jetzt? Sagst du Ja?«

Sie schluckte langsam, trank einen weiteren Schluck. Ließ sich Zeit. Dann sagte sie: »Es ist nicht so leicht für eine Mutter, ihre einzige Tochter loszulassen, verstehst du? Vor allem, wenn das so holterdiepolter kommt. Ich hatte mich darauf eingestellt, dich noch ein bisschen zu beglucken. Du bist doch erst sechzehn!«

Mir kamen Bilder in den Sinn: Mama, Enzo und ich auf dem Sofa. Mit einer Schüssel Chips. Im Fernsehen irgendeine blöde Quizshow. Ich spürte einen Kloß im Hals. Schnell trank ich mein Glas leer. Stellte es etwas heftiger auf den Tisch zurück als gewollt. »Das Ding ist nur, ich muss denen bis spätestens Dienstag Bescheid geben, was Sache ist.«

»Also übermorgen«, stellte Mama fest. »Ich bin wirklich ziemlich von den Socken, dass du das alles schon gemanagt hast.« Sie beugte sich zu mir herüber und Enzo sprang von ihrem Schoß. Mama griff nach meiner Hand. »Hör zu, Jana. Ich stehe zu meinem Wort. Ich unterstütze dich in dem, was du gern möchtest. Aber du musst mir noch den einen Tag Zeit lassen. Ich will mir das alles erst mal ganz genau anschauen und mich damit auseinandersetzen, was du dir da ausgeguckt hast. Ich schicke dich nicht einfach in die Fremde. Das ist doch wohl klar!«

»… dass du das alles schon gemanagt hast«, hatte Mama gesagt. Es hatte geklungen, als sei ich über Nacht erwachsen geworden. Das war natürlich Quatsch. Doch es war tatsächlich etwas mit mir passiert. Ich war plötzlich von einer Aufbruchstimmung gepackt, die mich einfach mitriss. Wie ich es Mama gesagt hatte: Es fühlte sich richtig *richtig* an.

Trotzdem hatte ich an jenem Tag, als ich den Aushang entdeckt hatte, enormes Muffensausen gehabt. Auf Islackers Hof war ich förmlich auf mein Fahrrad gesprungen und nach Hause gehetzt, so schnell ich konnte. Denn als ich den Zettel gesehen hatte, war es mir sofort vorgekommen wie *der* Ausweg aus dieser Situation, die sich einfach rundum blöd anfühlte.

Vollkommen verschwitzt war ich gewesen, als ich mein Rad zu Hause in die Garage schob.

Oben in meinem Zimmer hatte ich das Papier, das ich vom Schwarzen Brett gerissen hatte, mit der Handkante glatt gestrichen und noch einmal aufmerksam durchgelesen.

»Eilt! Eilt! Eilt!«, stand wie ein Laufband in roten Lettern oben drüber. Und dann: »Wir suchen dich! Hast du gerade deinen Schulabschluss gemacht? Liebst du Pferde? Möchtest du dein liebstes Hobby zum Beruf machen? Wir, Schleinheges Pferdehof, ein traditionsreicher Familienbetrieb im schönen Münsterland, suchen dringend und kurzfristig zum 1. August eine/n Auszubildende/n zum Pferdewirt (Schwerpunkt Pferdezucht und -haltung). Unterkunft kann gestellt werden. Bei Interesse bitte rasch bewerben unter …«

Ich weiß nicht, wie lange ich auf das Blatt Papier starrte. Vermutlich nur wenige Minuten, aber es kam mir vor wie eine halbe Ewigkeit. Die Buchstaben begannen, vor meinen Augen zu tanzen, die Gedanken jagten durch mein Gehirn. Ich spürte das Blut in meinen Adern pulsieren.

Enzo war gekommen. Er sprang auf den Schreibtisch und schnupperte neugierig an dem Zettel. Meine Hand streichelte mechanisch über sein schwarzes Fell. Da erst konnte ich meine Gedanken einfangen.

Ja! Das war überhaupt die Idee. Ein kompletter Neuanfang! Pferdewirtin, ein Traumberuf! Ich würde alles hinter mir lassen, ins Münsterland ziehen, mich endlich mal von der Clique lösen, in der ich mich doch sowieso nicht mehr wohlfühlte. Und Mama und Manuel konnten hier im Haus Sofas rücken, soviel sie wollten – das wäre mir dann total egal!

Ja, jetzt würde ich einfach mal das tun, was *ich* wollte. Keine Rücksicht nehmen auf pingelige Modetussis! *Mein* Landleben genießen und mich nicht dafür rechtfertigen müssen, dass mir die Pferde wichtiger waren als die Freunde.

»Enzo!«, flüsterte ich aufgeregt. »Enzo, Jana wird Pferdewirtin!«

Ich musste lachen, denn Enzo antwortete mir mit einem herzhaften Gähnen. Ich war so aufgekratzt! Ich fühlte mich plötzlich so stark! Wann war ich je von etwas so überzeugt gewesen?

Ich huschte in den Flur, holte das Telefon und schloss meine Zimmertür hinter mir. Dann saß ich wieder da. Sollte ich wirklich? Fragen konnte ich wenigstens, oder?

Schließlich wählte ich mit heftig zitternden Fingern die Nummer auf dem Zettel. Während ich auf das Freizeichen im Telefon lauschte, wünschte ich mir plötzlich, dass niemand abnehmen würde – ich hatte auf einmal großen Respekt vor meiner eigenen Courage.

Doch nach dem dritten Klingeln meldete sich bereits eine sympathische Frauenstimme. »Schleinhege.«

Mein Kopf war plötzlich wie leer gepustet. Ich ärgerte mich, dass ich mir keine Stichpunkte aufgeschrieben hatte. »Hallo … äh …«, stammelte ich in den Hörer und schaffte es immerhin, meinen Namen zu nennen.

»Ja?«, fragte Frau Schleinhege.

»Also, ich habe Ihren Zettel gelesen, bei uns im Reitstall … und …« Ich konnte wirklich kaum einen klaren Gedanken fassen.

Aber Frau Schleinhege spürte offenbar meine Verunsicherung und half mir, indem sie klare Fragen stellte. »Du meinst den Aushang wegen der Lehrstelle?«

»Ja, genau den. Der hing am Schwarzen Brett.«

»Und in welchem Reitstall war das?«, wollte sie wissen.

»Ich wohne hier im Emsland, nahe der holländischen Grenze. Der Reitstall ist der von Islackers«, erklärte ich und merkte, wie ich langsam ruhiger wurde. »Also, ich wollte fragen … Ist die Stelle noch zu haben?«

Statt zu antworten, stellte Frau Schleinhege mir eine Gegenfrage. »Wenn du öfter im Reitstall bist, nehme ich an, dass du dich schon gut mit Pferden auskennst?«

»Aber ja!«, rief ich atemlos. »Ich reite schon, seit ich zur Schule gehe, und im letzten Jahr habe ich hier ein Pferd betreut, den Wallach von Frau Tarakci, Djego heißt der.« Ich bremste mich selbst. Dass das Pferd Frau Tarakci gehörte und Djego hieß, interessierte Frau Schleinhege sicher nicht die Bohne.

»Und die hast du jetzt abgeschlossen?«, fragte sie. »Also, die Schule?«

»Ja, ich habe ein ziemlich gutes Zeugnis«, antwortete ich und fragte mich im selben Moment, ob das angeberisch klang.

»Prima«, sagte Frau Schleinhege. »Jana, das war doch dein

Name? Die Lehrstelle ist noch nicht besetzt. Der Junge, der hier anfangen wollte, ist kurzfristig abgesprungen. Das ist sehr ärgerlich für uns. Du hättest also Interesse?«

Sie erzählte mir noch einiges über den Hof, dass ihre Familie ihn schon in der vierten Generation bewirtschaftete, sie auch eine Pension betrieben und mir daher ein Zimmer zur Verfügung stellen könnten. »Vielleicht möchtest du herkommen und dir alles anschauen?«, fragte sie schließlich. »Dann können wir uns auch persönlich kennenlernen und gucken, ob wir zueinanderpassen.«

»Ja, gern«, antwortete ich mit klopfendem Herzen. »Die Sache ist nur die, ich müsste zuerst …«

»Mit deinen Eltern reden?«, führte sie den Satz zu Ende. Ich konnte förmlich hören, dass sie schmunzelte.

»Mit meiner Mutter, ja«, erwiderte ich.

»Okay, Jana, dann tu das«, bat sie mich. »Ich müsste bis spätestens Dienstag Bescheid wissen.«

Ich versprach, mich bis dahin zu melden.

Nachdem ich aufgelegt hatte, fielen mir noch ganz viele Fragen ein, die ich ihr hatte stellen wollen. Wo genau lag der Hof? Wie viele Pferde hatten sie? Gab es noch weitere Auszubildende? Vielleicht sogar andere Bewerber?

Doch das konnte ich sie ja immer noch fragen. Wenn ich mit Mama hinfuhr, um mir alles anzusehen. Denn das würde ich!

Nun konnte ich nur noch abwarten. Und hoffen, dass Mama einwilligte.

Das Navi sagte uns, dass es knapp anderthalb Stunden bis zu Schleinheges Pferdehof waren. Weil die Zeit drängte, hatte Mama sich bereits für Mittwoch einen Tag Urlaub genommen, um mit mir dorthin zu fahren. Sie wollte erst alles genau sehen und tausend Fragen beantwortet haben, bevor sie ihr endgültiges Okay gab. Das hatte Frau Schleinhege, die ich ja auch erst mal von mir überzeugen musste, natürlich verstanden, als ich sie am Dienstag angerufen hatte. Sie sagte, sie freue sich, uns kennenzulernen, und wünschte uns eine gute Fahrt.

Es war gar nicht so immens weit, aber wie anders war das Münsterland als das flache Emsland! Die sanften Hügel und die üppigen Wälder empfingen uns mit schönstem Wetter. Natürlich gab es auch hier viel zu große Felder mit viel zu wenigen blühenden Blumen an den Wegesrändern. Erst neulich hatte ich mit dem alten Herrn Islacker darüber gesprochen, der auf die Großbauern geschimpft hatte, die mit ihren riesigen Schleppern nur noch große Flächen bewirtschaften konnten. Kleinere Felder mit Hecken dazwischen, wertvollen Rückzugsmöglichkeiten für Kleintiere, gab es kaum noch. Und viele Landwirte beackerten ihre Felder bis so weit an die Wege, dass kein Platz mehr blieb für blühende Randstreifen, die wichtige Nahrung boten für Insekten. Die wiederum Nahrung waren für die Vögel. Das war hier im Münsterland auch nicht anders.

Dennoch: Die Abwechslungen in der Landschaft taten gut, alles schien irgendwie zu leuchten. Und da und dort trotzten versöhnlich bunte Blumen am Straßenrand der intensiven Landwirtschaft. Es gab also auch Ausnahmen. Ich atmete tief durch.

Als wir die Autobahn verließen und es nur noch über Landstraßen weiterging, fuhr Mama ziemlich langsam. Ich wusste, dass sie über vieles nachdachte. Mir ging es ja selbst nicht anders. Während der gesamten Fahrt hatte ich meine Mappe mit den wichtigen Unterlagen auf meinem Schoß gehalten: Zeugnisse, Siegerurkunden von Reitabzeichen – sogar die Bescheinigung für den Hundeführerschein, den ich mal in der Tierheim-Jugendgruppe gemacht hatte, und die Streitschlichter-Urkunde aus der Schule. Und natürlich das Zeugnis, das mir Frau Islacker kurzfristig ausgestellt hatte, als Frau Schleinhege darum bat.

Wir passierten stattliche, aufwendig sanierte Höfe mit Bildstöcken an der Einfahrt, in denen kleine Blumensträuße standen und rote Grablichter brannten. Weiden, auf denen Pferde grasten, gab es auffällig viele. Und Rinder sah man, vor allem Herden mit rotbuntem Vieh. Über einer der Wiesen kreiste ein Raubvogel. Wieder wusste ich nicht, was für einer es war. Deshalb nahm ich mir vor: Wenn es klappen sollte mit der Lehrstelle, dann würde ich endlich lernen, die Greifvögel voneinander zu unterscheiden!

»Jetzt ist es nicht mehr weit«, riss Mama mich aus meinen Gedanken, als die ersten Schilder den Ort auswiesen.

Die Minuten auf dem Navi zählten hinunter. Ich merkte, wie sich mehr und mehr kalter Schweiß auf meinen Handflächen bildete.

Dann sah ich das große weiße Holzschild.

Pferdehof Schleinhege. Zucht – Ausbildung – Pension.

Der Pfeil darunter zeigte nach rechts.

Der Blinker tickte. Mama lenkte den Wagen in die Einfahrt. Die war bestimmt dreihundert Meter lang und links und rechts von Buchen gesäumt. Wir passierten ein offen stehendes Tor mit Säulen aus alten Ziegeln, auf denen zwei Pferdeköpfe aus Stein thronten.

Mama parkte den Wagen an der Seite des großen Hofes. Sie drückte noch einmal meine Hand, dann stiegen wir aus.

Das Erste, was mir auffiel, war das laute Krächzen der Dohlen. In einer riesenhaften Linde saßen sie – es müssen Hunderte gewesen sein. Ungelogen. Und sie kreischten, als gäbe es dafür Geld.

Das Zweite, was ich wahrnahm, war der Hund. Er kam auf uns zugeschossen und blieb dann wenige Meter vor uns stehen. Beäugte uns neugierig, ohne zu bellen. Ein wunderschönes Tier. Hochgewachsen, sicher sechzig Zentimeter groß, zweifarbiger Zottelterrier mit Schlappohren.

»Na, wer bist du denn?«, fragte ich ihn. »Ich bin Jana.«

»Du kannst dich doch nicht mit dem Hund unterhalten«, meinte Mama und schüttelte den Kopf.

Aber ich grinste nur. »Hast du 'ne Ahnung!«

In diesem Moment kam ein Mann mit zwei Pferden über den Hof auf die Einfahrt zu. Die beiden dunkelbraunen schienen Jährlinge zu sein. Der Mann nickte uns zu.

»Die Chefin ist im Büro!«, rief er. »Durch die dunkle Holztür geradeaus. Einfach reingehen! Und keine Sorge, der Töffel tut nix.«

Aha, Töffel hieß er also, der Hund.

Mit offenem Mund bestaunte ich, auf was für einem schönen Hof wir uns hier befanden. Während wir auf besagte Tür zusteuerten, schweiften meine Blicke hin und her. Natürlich hatte ich mir bereits Fotos im Internet angeschaut – aber in echt war alles noch viel beeindruckender!

Linker Hand lag eine riesige Remise, ebenfalls aus alten Backsteinen erbaut, an den Giebelseiten wiederum hölzerne Pferdeköpfe. Daneben ging es in den Stall. Dieses Gebäude schien neuer zu sein. Vor uns befand sich ein anderes großes Wirtschaftsgebäude mit dem Büro. Und auf der rechten Seite lag inmitten eines wunderschönen Gartens das stattliche Wohnhaus mit großer Freitreppe, hübschen alten Fenstern und einem hellen Kiesweg. Überall auf dem Grundstück reckten sich gigantische Linden mit ihren eindrucksvollen Baumkronen empor. Und hoch oben in den Zweigen saßen die schwatzhaften Dohlen.

Ich war ziemlich geflasht.

»Du lieber Himmel, Jana, das sieht ja hier aus wie im Bilderbuch!«, flüsterte Mama beeindruckt.

Noch bevor wir die Bürotür erreicht hatten, wurde diese geöffnet, und eine blonde, etwas pausbäckige Frau kam heraus. Ich erkannte sie vom Foto im Internet wieder. Sie hatte uns offenbar schon durchs Fenster gesehen. Mit ausgestreckter Hand lief sie uns entgegen. »Hallo, du bist sicher Jana. Frau Köhnen? Ach, und mit Töffel habt ihr auch schon Bekanntschaft gemacht«, sagte sie. Ihr Lachen war ehrlich. »Hatten Sie eine gute Fahrt?«, erkundigte sie sich.

»Ja, alles gut«, antwortete Mama, und ich merkte, dass auch sie nervös war. »Navis sind schon eine feine Erfindung.«

Frau Schleinhege machte eine ausladende Armbewegung. »Nun, dann willkommen auf Schleinheges Pferdehof! Ich schlage vor, wir besprechen alles bei einer Führung über unser Anwesen. Es ist so schönes Wetter, da wollen wir doch nicht im Büro sitzen. Es sei denn, Sie möchten zuerst etwas trinken?«

Wir schüttelten die Köpfe.

Ich war komplett von den Socken, wie weit sich das gesamte Areal noch hinter den Gebäuden erstreckte. Eine große Reithalle gab es da, mehrere Paddocks, einen weiteren, viel größeren Stall – den neuen, wie Frau Schleinhege ihn nannte – und einen Reitplatz. Töffel folgte uns auf Schritt und Tritt und führte sich auf, als wäre *er* derjenige, der uns alles zeigen wollte.

»Wir verfügen über zwanzig Hektar Weideland«, erklärte Frau Schleinhege. »Und wir haben eine Galoppbahn anlegen lassen. Das ist gerade für die Jungpferde wichtig und für die Ausbildung der Tiere Gold wert.«

»Wie viele Pferde haben Sie denn gerade so?«, wollte ich wissen.

»Nun, wie du ja weißt, verdienen wir einen guten Teil unseres Einkommens mit der Zucht. Derzeit haben wir drei Zuchthengste und sieben Stammstuten. Wir verkaufen in erster Linie fertig ausgebildete Tiere. Sechs Verkaufspferde stehen gerade auf unserer Liste, die sind zwischen drei und fünf Jahre alt. Dazu kommen noch etliche Fohlen.« Sie streckte den Arm aus. »Da drüben sind die Jährlinge.« In der Ferne erkannte ich auf einer Weide viele braune Rücken. Auf die Distanz sahen sie alle gleich aus!

»Sie züchten Westfalen, nicht wahr?«, sagte ich, um zu zeigen, dass ich mich über den Hof bereits informiert hatte.

Freu Schleinhege nickte. »Ja, aber wir haben auch ein paar Ponys.«

»Verzeihen Sie, aber ich habe so gar keine Ahnung von der Materie. Jana ist die Pferdenärrin in unserer Familie«, mischte meine Mutter sich ein. »Zwanzig Hektar, ich weiß wirklich nicht, ob das viel ist oder …«

Die Pferdehof-Besitzerin schmunzelte. »Das ist schon ganz ordentlich.« Dann wandte sie sich mir zu. »Jana, dir ist hoffentlich bewusst, dass die Ausbildung zur Pferdewirtin auch körperliche Belastbarkeit erfordert. Es ist kein Urlaub auf dem Ponyhof. Die Auszubildenden müssen zuverlässig von Beginn an mit anpacken. Dein Arbeitstag hier auf dem Hof beginnt morgens um halb sieben, manchmal sogar noch früher.«

»Na klar, das weiß ich.« Ich spürte, wie mir das Blut in den Kopf stieg. »Ich hab Ihnen ja erzählt, dass ich bei Islackers viel geholfen habe. Und ich habe über ein Jahr diesen Wallach versorgt …«

Mama legte mir die Hand auf die Schulter. »Islackers verlieren eine zuverlässige Hilfe«, sagte sie. »Sofern es was wird mit der Ausbildung hier bei Ihnen.«

Wir lächelten uns an. Frau Schleinhege, Mama und ich. Und Töffel setzte sich erneut in Pose.

»Okay, dann wollen wir uns mal ansehen, was du mir für Unterlagen mitgebracht hast«, entschied Frau Schleinhege. »Außerdem könnte ich jetzt eine Tasse Kaffee vertragen. Gehen wir ins Büro. Und dein Zimmer, das zeige ich dir dann auch noch.«

Nachricht von Selisha:

Süße, wo treibst du dich bloß ständig rum? Kann dich nie erreichen!!! Gibt's da etwa 'nen neuen Lover? ☺
Lisha
PS: Apropos. Marc ist immer noch nicht aufgetaucht. Aber angeblich geht's ihm gut. Oder seid ihr womöglich zusammen durchgebrannt?

Nachricht im Gruppenchat von Sophie:

Voll krass hier auf der Insel. Die Kids machen mich fertig! Lol ☺

Lovisa

Ich hatte das Gefühl, genau das Richtige zu tun. Wenn mich alles, was ich auf dem Hof zu sehen bekommen hatte, nicht eh schon überzeugt hätte, dann hätte es spätestens das Zimmer getan, in dem ich wohnen sollte: Es war hell, geräumig und gemütlich, im Landhausstil mit Butzenscheiben, Dachbalken und einem funkelnden Kronleuchter an der Decke. Dies sollte also mein kleines Reich werden.

Mama hatte schließlich alle Fragen, die ihr noch auf der Seele brannten, mit Frau Schleinhege geklärt. Wir versprachen, eine Nacht darüber zu schlafen und uns am nächsten Tag zu melden. Das war Frau Schleinhege recht, denn auch sie erbat sich etwas Bedenkzeit, ließ aber durchblicken, dass sie mich mochte und für geeignet hielt. Mein Herz machte einen vorsichtigen Hüpfer.

Nach wenigen Tagen war dann wirklich alles abgemacht, sowohl Frau Schleinhege als auch Mama stimmten zu und der Ausbildungsvertrag wurde verschickt.

Mein neues Leben begann!

Mein neues Leben, das ich mit dem verbringen würde, was mir am meisten Spaß machte: der Arbeit mit Pferden. Und zwar auf einem der schönsten Höfe, die ich je gesehen hatte. Sogar einen ganz idyllischen Ententeich gab es hinter dem Haus im Garten! In meiner Freizeit würde ich dort sitzen und lesen, Briefe schreiben und lernen, woran man die verschiedenen Greifvögel erkannte.

Nur Mama und Enzo würde ich schrecklich vermissen, das war klar. Und als der Kater mir schnurrend um die Beine strich, während ich meine Sachen packte, und schließlich in einen der Kartons sprang, vergoss ich ein paar Tränen.

»Was sagen denn eigentlich deine Freunde dazu, dass du sie verlässt?« Mama steckte den Kopf zu meiner Zimmertür herein. »Das wollte ich dich die ganze Zeit schon fragen.«

Gerade hielt ich das in einen schönen Stoff mit orientalischen Mustern gebundene Buch in den Händen, das ich mal von Selisha, Dana und Sophie geschenkt bekommen hatte. Hier schrieb ich allerlei Wunder-Sachen hinein, Gedichte, die mir besonders gefielen, oder Songtexte und Sprüche. Ich klebte kleine Blumen oder Blätter hinein und Zeitungsausschnitte. Eine Menge Feenstaub war schon zwischen die Seiten gepustet worden.

»Die Freunde verlassen« – das klang so dramatisch. Ich verschwand ja nicht aus der Welt! Ich ließ das Buch auf meine Knie sinken. »Ich hab es ihnen noch gar nicht gesagt, Mama.«

Meine Freunde hatte ich in nichts eingeweiht. Das hier war ganz allein mein Ding!

Es mag verrückt klingen, aber ich hatte das Gefühl gehabt, als könnte mein Plan *normal* werden, wenn ich ihn mit den anderen teilte. Als könnte die Magie verschwinden, die mich gerade auf ihren Flügeln trug.

Doch nun kamen mir Selishas Nachrichten in den Sinn. Ich hatte sie seit Tagen nicht beantwortet und fühlte mich plötzlich ziemlich schäbig.

»Habt ihr euch gestritten?«, fragte Mama frei heraus und setzte sich auf die Bettkante.

Ich seufzte. »Nein, nicht direkt … Das ist etwas komplizierter.«

»Ich meine nur«, sagte Mama. »Ich hab da so eine seltsame Geschichte gehört. Marc ist von zu Hause weg? Der war mit euch zelten, oder? Du mochtest ihn immer gut leiden, hatte ich zumindest den Eindruck. Das musst du doch mitbekommen haben!«

Ich senkte den Kopf. »Selisha hat da so was angedeutet«, gab ich zu. »Aber ich weiß nichts Genaues.«

Mein Patenonkel Stefan brachte mich ein paar Tage später mit seinem Kombi zum Pferdehof im Münsterland.

Eigentlich hatte Mama natürlich auch mitkommen wollen. Aber am Tag vor meiner Abreise erfuhr Manuel abends, dass es seiner Mutter sehr schlecht ging. Man musste Schlimmes befürchten. Mama wollte ihn in dieser Situation nicht alleinlassen und ihn zu seiner Mutter begleiten.

»Wir beide managen das schon«, hatte Stefan ihr versichert und mir kumpelhaft den Arm um die Schultern gelegt.

Wenn ich ehrlich sein sollte, war es mir sogar lieber, dass Mama nicht mitfuhr – wir hätten beim Abschied bloß beide geheult.

»Sag mal, warum müffelt meine Isomatte eigentlich so?«, fragte Stefan mich, kaum dass wir losgefahren waren.

Ich schlug mir die Hand vor den Mund. »Oh Shit, das tut mir leid. Stinkt die echt immer noch? Ich hab sie doch so gründlich ausgelüftet!« Ich berichtete ihm von unserem Zeltdrama und meinem aufopferungsvollen Verhalten, das von Sophie am Ende so böse kommentiert worden war.

Von der Stirn meines Onkels war das Wort »Zickenalarm« abzulesen. Er kommentierte es nicht weiter. Dabei hatte ich mir gewünscht, dass er für mich Partei ergriff, denn *ich* war ganz sicher keine Zicke! Aber er meinte nur, er würde es mal mit Textilerfrischer versuchen.

Wir redeten nicht viel während der Fahrt. Ich hing meinen Gedanken nach, die vor allem um Selisha kreisten. Am Abend zuvor hatte ich mir einen Ruck gegeben und war zu ihr gegangen. Ich hatte einen Riesenbammel gehabt. Selisha war immer solidarisch gewesen, hatte sich mir gegenüber nie blöd benommen. Sie war die liebenswürdige Selisha gewesen, die sie immer war, und dennoch hatte ich sie in eine Art Sippenhaft genommen. Das war nicht nett von mir gewesen.

Unser Gespräch war dann genauso dämlich verlaufen, wie ich es befürchtet hatte. Natürlich war Selisha total enttäuscht von mir, hatte mich angemotzt, mich eine Egoistin geschimpft, hatte geweint. Nicht weil ich diese Ausbildung machen wollte, sondern weil ich sie nicht eingeweiht und nicht auf ihre Nachrichten reagiert hatte. »Mensch, Jana, ich hab mir echt Sorgen gemacht!«, hatte sie halb gebrüllt, halb geschluchzt.

Aber auch ich war enttäuscht gewesen – hatte ich doch gehofft, dass wenigstens Selisha begriff, wie wichtig dieser Schritt für mich war. »Kannst du denn gar nicht verstehen, dass ich das erst mal mit mir allein ausmachen musste?«, hatte ich sie gefragt. »Auch für mich ist das alles neu und überwältigend.«

Aber ihre Antwort war knapp und eindeutig gewesen: »Nein.«

Dann war ich gegangen. Und dieses Gefühl, das so bitter schmeckte, hatte ich mitgenommen. Eine Mischung aus Enttäuschung, Wut und schlechtem Gewissen.

Doch meine Zeit auf dem Schleinhege-Hof hätte nicht besser beginnen können: Nachdem Stefan und ich alle Kisten und Koffer in mein Zimmer geschleppt hatten, meinte die Chefin, ich solle erst einmal ankommen. Den ganzen Tag hatte ich Zeit, meine Sachen auszupacken, mir auf dem Hof alles anzusehen und die Tiere und Menschen kennenzulernen.

O je!, dachte ich zuerst, als ich mich ein wenig auf dem Hof umsah. Es würde eine Ewigkeit dauern, bis ich die Namen aller Pferde draufhatte. Und bei den Mitarbeitern würde es nicht leichter sein.

Zwei Dinge hatte ich jedoch direkt verstanden: Wenn es um irgendetwas ging, das auch nur im Entferntesten mit dem Haushalt zu tun hatte – Essen, Wäsche, Putzen –, dann musste ich mich an Margret halten. Sie hatte in Sachen Hauswirtschaft das Zepter in der Hand. Ob sie auch die gute Seele des Hauses war, musste ich erst noch herausfinden.

Und eine Sache gab es da gleich vorab mit ihr zu klären: »Übrigens esse ich kein Fleisch«, informierte ich sie, nachdem sie mich durchs Haus geführt hatte. »Ich hoffe, das bereitet keine Probleme?«

Margret sah mich an, als hätte ich ihr gerade eröffnet, dass ich eine extrem ansteckende Krankheit hatte.

»Also …«, erwiderte sie, »also, so was hatten wir hier noch nie!« Sie hielt einen Moment inne und schien zu überlegen, wie sie mit dieser Nachricht umgehen sollte. »Na ja, ist ja heute wohl modern.« Sie rümpfte tatsächlich die Nase, das entging mir nicht. Doch sie blieb freundlich. »Denk aber nicht, dass ich immer eine Extrawurst für dich braten werde«, sagte sie schließlich. »'tschuldigung, kleines Wortspiel.«

Verdammt, wieso wurde ich denn jetzt rot? »Danke, Margret, das erwarte ich gar nicht. Ich werde auch von den Beilagen gut satt.«

»Und wenn es Eintopf gibt, in dem ich Fleisch mitgekocht habe?«, fragte sie.

»Dann mach ich mir ein Butterbrot«, antwortete ich und lächelte sie an.

Eigentlich hatte ich erwartet, dass sie mich nach meinen Beweggründen fragte oder gar eine Diskussion anfangen würde, doch es kam kein weiterer Kommentar. Das war also geklärt.

Das Zweite war, und das wusste ich eigentlich schon aus dem Internet, dass es auch auf diesem Pferdehof einen Seniorchef gab. Er war der Vater von Frau Schleinhege, deren Mann nach der Heirat den Namen seiner Frau angenommen hatte. Die beiden waren kinderlos geblieben, es gab also keinen Nachkommen, der den Hof einmal übernehmen sollte. Aber es gab einen Neffen, Gisbert, der hier ebenfalls eine Ausbildung zum Pferdewirt machte.

Beim gemeinsamen Abendessen in der großen Küche, deren Charme durch alte Fliesen, dunkles Holz und eine hohe Decke geprägt war, glänzte Gisbert allerdings durch Abwesenheit, sodass ich es an meinem ersten Abend neben Margret nur mit den drei Schleinheges zu tun hatte. Die übrigen Mitarbeiter waren nach der Abendfütterung nach Hause gegangen, so auch der Mann, den Mama und ich bei unserem ersten Besuch mit den zwei Pferden gesehen hatten. Er hieß Jaroslaw und war Stallhelfer.

Anders als Opa Islacker war der Senior nicht unbedingt ein warmherziger Mann, und als ich erfuhr, dass er leidenschaftlicher Jäger war, machte ihn mir das nicht sympathischer. Aber er war freundlich zu mir und stellte mir interessiert Fragen.

Ich war fest entschlossen, mich mit allen auf dem Hof gut zu verstehen. So fühlte ich mich in der Runde zwar etwas fremd, aber nicht unwillkommen.

Am nächsten Morgen erwachte ich sehr früh. Natürlich war ich aufgeregt und hatte entsprechend schlecht geschlafen.

Da ich die Vorhänge nicht zugezogen hatte, weil ich beim Aufwachen immer gern wusste, ob der neue Tag schon begonnen hatte, zeichnete die Sonne mit den Ästen der Linde vor meinem Zimmer bereits Muster auf den Fußboden. Die Dohlen hatten schon um fünf Uhr angefangen zu krakeelen, was das Zeug hielt – als hätte jemand einen Schalter umgelegt. Aber es störte mich nicht. Meine Lehre auf dem Schleinhege-Hof begann!

In der Küche standen Kaffee und Tee bereit, die beim Wachwerden helfen sollten. Doch ich hatte die Müdigkeit schon mit dem Sprung aus dem Bett abgeschüttelt, denn ich war ungemein neugierig auf meinen ersten Arbeitstag.

»Jaroslaw wartet im neuen Stall auf dich«, sagte Frau Schleinhege zu mir. »Er erklärt dir alles Weitere.«

Die Morgenluft tat gut. Die orangefarbene Sonne stand noch niedrig über dem Horizont und tauchte die Welt in ein verzaubertes Licht. Die Rabenvögel hatten ihr Gekrächze eingestellt. Über dem Hof lag eine friedliche Ruhe. Zwei schwarz-weiße Hofkatzen schlichen an der Mauer entlang und verschwanden unter der Remise. Eine trug eine Maus im Maul. Ich atmete tief ein und war drauf und dran, mir vor Freude wie ein Gorilla auf die Brust zu trommeln.

Jaroslaw hatte das Stalltor und die oberen Flügel der Außentüren bereits sperrangelweit geöffnet, sodass die Frische durch den Stall wehen konnte. Gemütliches Schnauben und Rascheln drangen heraus.

»Guten Morgen, Jana!«, rief er und winkte mich heran. »Ich hoffe, du hast gut geschlafen.«

»Ganz okay«, erwiderte ich.

Jaroslaw nahm mich direkt mit in die Viehküche und zeigte mir den Futterplan für die Stammstuten, die im vorderen Teil des Stalls untergebracht waren. Gemeinsam stellten wir das Kraftfutter für die Tiere zusammen und luden es auf den großen Handwagen. Ich schob ihn in die Stallgasse, wo wir die Stuten zunächst mit Heu versorgten. Jaroslaw fing bei den hinteren Boxen an, ich bei den vorderen.

»Man sieht, dass du diese Arbeit gewöhnt bist«, lobte mich Jaroslaw und nickte anerkennend. »Das geht dir leicht von der Hand.«

Und als ich die Eimer von der Karre wuppte, kniff er mir zum Spaß in den Oberarm. »Und Kraft hat sie auch!«

Ich fand es lustig, dass er in der dritten Person sprach, und das Lob tat mindestens so gut wie die frische Morgenluft.

Ich erzählte ihm von meiner Zeit bei Islackers und von Djego. Zum Glück war ich viel zu beschäftigt, als dass mich die Erinnerungen an den Wallach hätten wehmütig werden lassen.

Vor jeder Box blieben wir einen Moment stehen. In Kurzfassung standen Infos über die Stuten auf Tafeln, die an den Türen angebracht waren: Name, Geburtsdatum, Abstammung und die Fohlen, die sie hervorgebracht hatten. Zu ihrem Charakter war dort aber natürlich nichts zu lesen – darüber erfuhr ich alles von Jaroslaw. Er erzählte, dass Edina besonders rittig war und Roxanne ein wenig nervös, dass Mary-Anne sich dagegen sehr ausgeglichen zeigte und diese positive Eigenschaft an all ihre Fohlen vererbt hatte. Dass

Gondola ebenso springfreudig war wie ihre Mutter Summercircle und dass Fidora und Adeltraut besonders liebevolle Pferdemütter waren. Mit sieben Jahren die Jüngste im Bunde war die tiefbraune Rodriga. Unwillkürlich legte sich ein Lächeln auf meine Lippen, als ich erkannte, dass ein winziges, fast schwarzes Fohlen hinter ihr stand.

»Ein Stutfohlen«, erklärte Jaroslaw.

Sieben Stammstuten, hatte Frau Schleinhege gesagt. Doch in einer achten Box stand eine weitere Stute. Ein wunderschönes Tier! Das Fell war von einem helleren Braun als das der anderen, eher cognacfarben. Die Mähne war noch ein bisschen heller. An ihrer Tür standen nur ein Name und das Geburtsjahr.

»Lovisa«, las ich im Flüsterton und rechnete. »Sie ist ja schon dreiundzwanzig Jahre alt!«

Die Stute rührte sich nicht und blickte mich sanft an.

Jaroslaw hatte sich neben mich gestellt. »Sie bekommt hier ihr Gnadenbrot«, erklärte er und hatte dabei seine Stimme ebenso gesenkt, als wollte er das Tier nicht stören.

»War sie früher auch eine der Stammstuten?«, fragte ich.

Jaroslaw zuckte mit den Schultern. »Sie hat nur zwei Fohlen zur Welt gebracht«, antwortete er knapp und war auch schon wieder verschwunden.

Ich stutzte. Ich konnte mich nicht daran erinnern, dass wir für sie einen Futtereimer fertig gemacht hatten. Es stand auch keiner mehr auf dem Wagen. Als ich in die Box hineinsah, erkannte ich jedoch, dass die Stute ihr Futter bereits bekommen hatte. »Bis gleich, schöne Lovisa«, sagte ich. Dann folgte ich Jaroslaw mit der Karre, die wir nun mit dem Futter für die Jungpferde im hinteren Teil des Gebäudes bestückten. Diese geräumigeren Laufställe hatten direkten Zugang nach draußen, wo sich die Tiere, wann immer sie wollten, an der frischen Luft bewegen konnten. Erst als auch das Füttern der Absetzer, Jährlinge und anderen Jungpferde erledigt war, gingen wir hinüber zum Haus.

In der Küche wartete schon das Frühstück auf uns. Ich freute mich darauf, denn mein Magen hatte inzwischen schon ein paar Mal geknurrt.

Bis auf den Senior waren jetzt alle versammelt. Neben Margret und den Schleinheges auch der Neffe Gisbert sowie Monika und Ellen, die mit je einer halben Stelle bei der Ausbildung und Bereitung der Pferde halfen und im Stall mit anpackten. Außerdem gaben sie Reitstunden. Während Monika und Ellen mir lächelnd ein »Hallo!« zuriefen, stellte Gisbert sich mir ganz förmlich vor. Sein Haar war mit einer perfekten Föhnwelle frisiert. Er reichte mir die Hand, und für den Bruchteil einer Sekunde meinte ich sogar, einen angedeuteten Diener bemerkt zu haben.

»Du bist sicher Jana«, sagte er. »Schön, dich kennenzulernen! Ich bin Gisbert, der Neffe von Veronika und Thomas.«

Veronika und Thomas, das waren die Schleinheges. Ich war ein wenig verlegen und wusste nicht so recht, wie ich den Typen einschätzen sollte. Für seinen seltsamen Namen konnte er ja nichts.

»Ja … ja, ich bin Jana. Hallo, Gisbert.«

»Komm, setz dich.« Er wies mit einer einladenden Armbewegung auf den freien Platz neben seinem Stuhl. »Du hast sicher Hunger. Lass es dir schmecken. Tee? Kaffee? Was trinkst du?«

»Tee, danke.«

Schon hatte er mir eine Tasse eingegossen.

Was war das denn für ein Vogel? Hatte der gerade einen Benimmkurs absolviert und musste jetzt das Gelernte an mir ausprobieren? Oder war der immer so?

Jaroslaw, der mir gegenübersaß, zwinkerte mir unauffällig zu. Ich musste ihn unbedingt bei nächster Gelegenheit über Gentleman-Gisbert ausfragen.

Hungrig ließ ich meinen Blick über den gedeckten Tisch wandern, nachdem ich mir eine Scheibe Roggenbrot aus dem Korb genommen hatte. Ich war froh, dass zumindest Marmelade und Käse dastanden. Ansonsten gab es nur Aufschnitt. Schinken, Braten und Wurst in allen Variationen.

»Die Marmelade hat Margret selbst gemacht«, erklärte Gisbert, als ich in mein Brot biss, und reichte mir eine Schüssel. »Möchtest du Rührei?«

Margret nickte mir auffordernd zu. »Iss nur tüchtig, für die Stallarbeit braucht man Kraft. Wenn du schon keine Wurst magst.«

Ja, und wenn man zu viel futtert, fällt man ins Suppenkoma, dachte ich, nahm mir aber eine Portion von dem köstlich duftenden Ei. Nachdem ich mich vergewissert hatte, dass kein Speck darin war, versteht sich.

Gisbert warf mir einen erstaunten Blick zu. »Du isst keine Wurst? Ist aber hausgemacht!«

Ehe ich antworten konnte, rief Margret über den Tisch: »Jana ist Vegetarierin. Da isst sie natürlich keine Wurst, auch wenn sie hausgemacht ist. Sie weiß aber auch nicht, was ihr entgeht.« Margret blinzelte mir zu. Offenbar fand sie die Bemerkung witzig.

Und dann ging es auch schon weiter. Während Gisbert im Hengststall verschwand, brachte ich zusammen mit Ellen und Jaroslaw die Stuten auf die Weide. Zugegebenermaßen erfüllte mich das mit einer Art Ehrfurcht. Oder war es nur das Bewusstsein, dass ich es mit sehr wertvollen Tieren zu tun hatte? Dass ich auf keinen Fall einen Fehler machen durfte?

Quatsch!, rief ich mich selbst zur Ordnung. Damit hatte das gar nichts zu tun. Man musste jedes Tier behandeln, als sei es unersetzlich. Denn das war es: unersetzlich.

Mittlerweile stand die Sonne hoch am Himmel. Auf der Weide tanzten die Schmetterlinge im blühenden Gras, und die Pferde begannen über die Weide zu traben und den Morgen zu begrüßen, sobald wir sie vom Führstrick abgekoppelt hatten.

»Darf ich Lovisa nehmen?«, fragte ich, als wir wieder im Stall waren, um die übrigen Stuten zu holen.

Jaroslaw und Ellen tauschten kurz einen Blick, dann gaben sie ihr Okay. Ellen holte Rodriga aus der Box, und es war eine Augenweide, wie ihr Fohlen auf viel zu langen Beinen neben ihr herstakste. Ein paar übermütige Bocksprünge machte die Kleine vor dem Stall, dann folgte sie brav der Mutter.

Die sanfte Stute Lovisa hatte etwas Geheimnisvolles an

sich. Ich hätte nicht beschreiben können, was genau. Es war einfach da. Wie eine Aura. Immer wieder blickte sie dem kleinen Fohlen hinterher, als sei es ihr eigenes. Dabei sahen ihre Augen frisch und glänzend aus, wie die eines jungen Pferdes.

»Wird Lovisa eigentlich noch geritten?«, fragte ich Ellen, als ich zu ihr aufgeschlossen hatte.

»Hoppla!«, rief Ellen lachend, als das Fohlen ihr gegen den Arm stupste. Dann wandte sie sich mir zu. »Ja, aber nur von der Chefin selbst. Lovisa ist auch eigentlich noch ganz fit für ihr Alter. Bloß die Zähne bereiten ihr immer öfter Probleme.«

»Lovisa ist also sozusagen das Privatpferd der Chefin?«, hakte ich nach.

Ellen zuckte mit den Schultern. »Auf jeden Fall hat es irgendwas Besonderes mit ihr auf sich. Aber als sie eine junge Stute war, da waren wir alle noch nicht hier.«

Und ich war noch lange nicht geboren, dachte ich. Ich hielt den Führstrick mit der linken Hand und ließ die rechte für einen Moment auf dem Hals der Stute ruhen, genoss den Augenblick.

Auch Ellen erzählte ich von Djego. Sie fragte, ob ich ihn vermisse.

»Schon«, antwortete ich ehrlich. »Aber es ist ja noch gar nicht so lange her, dass ich ihn zuletzt gesehen habe, und jetzt ist alles hier so neu … Das kommt bestimmt noch so richtig mit Wumms.«

Ellen lachte. Und dann waren wir auch schon an der Weide angekommen.

Lovisa war die einzige Stute, die nicht sofort durchs hohe

Gras trabte oder wiehernd den Kopf hochwarf. So, als ruhte sie in sich selbst, stapfte sie gemächlich Rodriga und dem Fohlen hinterher.

Eine Weile sah ich ihr gebannt nach. Bis Ellen schließlich rief: »Jana, kommst du?«

Die Zeit, in der die Pferde auf der Weide waren, wurde für das Stallausmisten genutzt. Ich liebte diese Arbeit, auch wenn sie anstrengend war. Natürlich war es etwas anderes, ob ich Djegos Box versorgte und vielleicht noch eine oder zwei andere dazu oder ob es um acht Stutenboxen und die Laufställe ging. Zwar waren Jaroslaw und Ellen mit von der Partie, aber als wir schließlich fertig waren, fühlte ich mich auf eine angenehme Weise erschöpft.

Ich begleitete Monika, die zwei der jungen Pferde in die Führanlage brachte, und folgte ihr dann in die Reithalle, wo sie ein anderes Jungpferd longierte. Es war noch am Anfang seiner Ausbildung. Dann rief Jaroslaw mich. Ich sollte dabei sein, wenn der Tierarzt Doktor Richter zwei der Jährlinge impfte, die er zuvor in den Stall geholt hatte. Ehe es Mittag werden konnte, musste ich dann noch die Stallgasse fegen und kontrollieren, ob alles ordentlich aufgeräumt war.

Margret hatte eine leckere Möhren-Karotten-Ingwer-Suppe gekocht. Ich setzte mich mit meiner Schale auf die Terrasse und löffelte gedankenversunken vor mich hin. Gerade hatte ich gelernt, dass man diese Schalen im Münsterland Kümpken nennt.

In der Ferne hörte ich leise das Brummen von Automotoren. Die Hauptstraße war weit weg. Hufgeklapper drang vom Hof herüber und in den Bäumen über mir zwitscherten Vögel. Ein leises Platschen stammte vermutlich von einem Frosch, der in den Teich gesprungen war. Ich ertappte mich dabei, dass ich schmunzeln musste. Vielleicht ein verwunschener Prinz?

Aber warum hatte ich jetzt plötzlich Marc vor meinem inneren Auge? Ich seufzte. Wieso verfolgte er mich schon wieder in meinen Gedanken? Er war sicher kein verwunschener Prinz, dieser Verräter! Was würde ich wohl tun, wenn er plötzlich wieder vor mir stände? Wäre aller Zorn dahin? Würde ich mich freuen? Nein, er musste ein falsches Spiel mit mir gespielt haben. Denn es konnte einfach nicht sein, dass er nicht gespürt hatte, dass ich in ihn verliebt gewesen war. Ob er inzwischen wieder zu Hause war?

Dieses Hin- und Hergerissen-Sein machte mich wahnsinnig. Ich konnte meine Gefühle für Marc nicht einfach auslöschen – aber so, wie er sich verhalten hatte, hatte er sie nicht verdient. Er müsste schon eine sehr plausible Erklärung parat haben.

Ich spürte, wie sich mein Magen zusammenkrampfte. Das alles war doch auch ein Grund, warum ich nun ein neues Leben anfangen wollte. Für so einen wie Marc war hier kein Platz. »Hau ab aus meinem Kopf!«, hätte ich am liebsten gebrüllt.

Ich atmete tief ein und wischte die Gedanken fort. Konzentrierte mich auf das Hier und Jetzt. Diesen wunderbaren Ort mit seinen Geräuschen und Gerüchen. Was für eine herrliche Idylle! Langsam kam ich wieder runter und genoss die Ruhe, die untermalt war von einem leisen Schnarchen: Töffel hatte sich zu mir gesellt und döste zu meinen Füßen im Schatten. Erst als eine der Hofkatzen vorbeigeschlichen kam, lüpfte er kurz verschlafen den Kopf.

Auch das hatte ich schnell verstanden: Katzen hatten hier einen ganz anderen Stellenwert, als ich das kannte. Sie waren namenlos und hatten im Haus nichts verloren. Unvorstellbar, sie würden wie Enzo im Wohnzimmer im Sessel liegen!

Enzo.

Was er wohl gerade trieb? Vermutlich lag er tatsächlich im Chefsessel und schlummerte, um sich für die nächtliche Mäusejagd zu stärken. Bei dem Gedanken an den schwarzen Kater fiel mir ein, dass ich den ganzen Tag noch nicht auf mein Smartphone geschaut hatte. Ich klaubte es aus meiner Westentasche.

Sieben Nachrichten von Mama! Und alle waren von ähnlichem Inhalt: Mein Schatz, alles gut bei dir? – Ist alles in Ordnung? – Meldest du dich mal? – Ich wollte mal hören, wie es dir geht. Und so weiter.

Ich seufzte. Tippte.

Mama, falls dir das entgangen sein sollte, ich arbeite jetzt! Da kann ich nicht ständig auf mein Handy gucken. Hier ist alles primstens.

Wie ich es nicht anderes erwartet hatte, kam schon nach wenigen Sekunden eine Reaktion:

Endlich! Nimm es mir nicht übel. Es ist so seltsam, dass du so weit weg bist.

Ich lächelte. Als ich aufschaute, kam die Hofkatze von vorhin auf ihrem Rückweg wieder vorbei.

Wie geht es Enzo?

Ich hoffe, gut!, schrieb Mama. Stefan ist so lieb und kümmert sich um ihn.

Diese Antwort konnte nur bedeuten, dass sie noch nicht wieder zu Hause waren. Wie geht es denn Manuels Mutter?

Bis zur nächsten Antwort dauerte es ein bisschen länger. Nichts Genaues weiß man nicht.

Hm, dachte ich. Was auch immer das heißen mochte.

Mama, ich muss jetzt weitermachen. Ich melde mich wieder. ♥

Gerade, als ich mein Smartphone ausschaltete, spürte ich eine Hand auf meiner Schulter. »Liebe Jana«, sagte Frau Schleinhege. »Nun habe ich ja schon gelesen, welche Reitausbildung du genossen hast und welche Erfolge du bei verschiedenen Turnieren hattest. Aber jetzt möchte ich dich gern mit eigenen Augen auf dem Pferd sehen.«

Bis zum Abend keine weiteren Nachrichten.

Barnabas

Im Fernsehen gab es mal so eine Spielshow, bei der sich zwei Mannschaften durch ein künstlich aufgebautes Schloss kämpfen mussten. Dabei waren allerlei Aufgaben zu lösen oder Mutproben zu bestehen, ehe man weiterkommen konnte. Hängebrücken waren zu überwinden, Labyrinthe und Kletterfelsen. Man musste über Gräben springen oder sich aus Fenstern abseilen.

Ein wenig so wie diese Kandidaten kam ich mir vor, als ich auf Entdeckungstour auf dem Schleinhege-Hof unterwegs war. Wo es überall noch Nischen und Ecken gab! Kleine Stiegen und Leitern, die weiter hinaufführten, hier noch eine Mansarde mit Geräten aus alter Zeit, da eine Kornkammer, dort ein Boden, auf den noch etwas Heu und Stroh passte. In manchem Winkel war sicher seit langer Zeit niemand mehr gewesen, aus mancher Luke hatte seit Ewigkeiten niemand mehr herausgeschaut. Ich wusste, dass man die kleinen runden Löcher an der Stirnwand der großen Scheune Eulenluken nannte. Ob es hier tatsächlich Eulen gab? Ein Blick auf den Boden sagte mir: ja. Ich freute mich über den Anblick eines Gewölles auf den Brettern so sehr, dass mein Herz einen kleinen Sprung machte.

Zugegeben, in solchen Momenten fühlte sich das alles an wie Ferien auf dem Bauernhof. Auf einem traumhaften Bauernhof sogar, in dessen Fachwerkgebälk es immer irgendwo knarzte und knackte. Die alten Gemäuer lebten.

Auch Spinnenweben gab es in rauen Mengen und Staub, dass es einem nur so in der Nase kribbelte. Ich stellte mir Dana vor, wie sie mit ihren hochhackigen Schuhen die Leitern hinaufkletterte und die Sprossen angewidert mit spitzen Fingern berührte. Dana, du würdest dir hier den Hals brechen!, dachte ich und verdrehte innerlich die Augen.

Dann sah ich mich plötzlich mit Marc auf gemeinsamer Erkundungstour umhergehen und geheime und spannende Orte für uns entdeckten. Mit einer heftigen Handbewegung wischte ich das Bild weg.

Tief durchatmen, Jana!, ermahnte ich mich.

Einmal hörte ich auf dem Heuboden etwas in unmittelbarer Nähe rascheln. Ich erschrak und erwartete eine fette Ratte – aber dann war es nur eine von den Katzen. Überrascht stellte ich fest, dass sie mich anfauchte, doch als ich erkannte, dass ihr Gesäuge angeschwollen war, wurde mir schnell klar, weshalb: Sie hatte hier oben Junge bekommen und musste sie beschützen. Sie konnte ja nicht wissen, dass ich ihnen ganz sicher nichts tun würde. Vermutlich brachte sie die Kleinen gleich darauf in ein anderes Versteck.

Meine Freude über diese Begegnung war so groß, dass ich am nächsten Morgen Jaroslaw davon berichtete. Doch zu meinem Erstaunen legte er den Zeigefinger an die Lippen und riet mir, niemandem sonst von meiner Entdeckung zu erzählen. »Ist besser für die Katzenkinder.«

Ich hatte von Ausbildungsstätten gehört, die ihre Auszubildenden nur als billige Stallhilfen ausnutzten und ihnen kaum etwas beibrachten. Das war hier, auf diesem schönen Pferdehof, allerdings ganz und gar nicht der Fall. Ich hatte nach wie vor überhaupt keine Zweifel, mich richtig entschieden zu haben. Ja, die Arbeit machte mir so viel Spaß, dass ich fast jeden Morgen die Erste in der Futterküche war und am Abend die Letzte im Stall. Meine Aufgaben dort gingen mir leicht von der Hand und daneben gab es ja auch noch die Arbeit mit den Pferden: das tägliche Putzen der Tiere und – das Highlight des Tages – das Bewegen und Trainieren.

Als ich zum ersten Mal vor Frau Schleinhege ritt, trommelte mein Herz so laut, dass ich meinte, der Herzschlag würde von den Wänden widerhallen.

Barnabas hieß der dunkelbraune Wallach, den ich für diesen ersten Ritt aufzäumen und satteln sollte, alles unter dem kritischen Kontrollblick der Chefin. Meine Hände zitterten, dabei hatte ich diese Handgriffe schon tausendundeinmal gemacht.

Das Tier war ein Abkömmling der braven Adeltraut und stand als eines der Verkaufspferde im Stall. Barnabas hatte nicht nur die schönen Linien seiner Mutter geerbt, sondern zeigte sich genauso gutmütig wie sie. Und als ich ihn in die

Mitte der Reithalle geführt hatte, um aufzusitzen, staunte ich nicht schlecht. Djego war schon angenehm zu reiten gewesen, aber die Bewegungen dieses Wallachs waren geschmeidig wie Butter! Er reagierte bereitwillig und sensibel auf meine Hilfen. Er lief unter meiner Hand, als wären wir schon lange ein Team. Meine Sorge, die Chefin würde ein schwieriges Tier aussuchen, um mich auf die Probe zu stellen, war unbegründet gewesen.

Frau Schleinhege rief mir Kommandos zu, die ich umsetzen sollte, und auch hier verlangte sie nichts Unmögliches von mir. Mir fiel ein Stein vom Herzen. Zufrieden genoss ich den Ritt auf dem schönen Wallach, der mit seinen hundertachtundsechzig Zentimetern ein Stück größer war als Djego.

Mittlerweile hatte sich auch Ellen zu Frau Schleinhege gesellt. Aus den Augenwinkeln beobachtete ich, wie die beiden Frauen mit verschränkten Armen dastanden und miteinander tuschelten. Aber ich nahm auch immer wieder ein Kopfnicken wahr. Das beruhigte mich.

Als ich absaß, hallte ein doppeltes Klatschen durch die Halle. Nein, es war sogar ein dreifaches Klatschen – Herr Schleinhege war ebenfalls aufgetaucht. Er hielt eine Spiegelreflex-Kamera in der Hand.

Vor Stolz wurde ich ganz rot, als die Frauen meinen losgelassenen Sitz lobten, mein Einfühlungsvermögen, das sich vor allem an den harmonischen Übergängen ablesen ließe. Ja, wenn ich es recht bedenke, hatten sie an meinem Ritt tatsächlich gar nichts auszusetzen!

»Wie ich sehe, haben wir mit dir einen Glücksgriff getan«, sagte Herr Schleinhege. »Ich möchte fast sagen, wie gut, dass dieser Junge abgesprungen ist!«

Seine Frau sah ihn strafend an. »Für den Jungen aber nicht gut, denn er hatte einen schlimmen Unfall.«

Herr Schleinhege blickte ein wenig betreten, dann zückte er die Kamera. »Ich bin hier auch für die Public Relations zuständig, Jana«, erklärte er. »Ich würde gern für die Homepage ein Foto von dir machen. Ist das okay? Stell dich doch mal so, dass ich Barnabas' Kopf gut mit draufkriege. Das macht was her.«

O je, dachte ich. Gut, dass ich die Reitkappe aufbehalten kann! Ich hatte meine Haare heute Morgen nicht gewaschen und sie seit dem Aufstehen auch nicht gekämmt. Ich hieß zwar nicht Dana, aber auf einem Foto für die Homepage wollte ich dann doch nicht aussehen wie der Struwwelpeter.

Ansonsten lief alles wirklich gut!

Ich fand mich schnell auf dem Hof zurecht, verinnerlichte die Abläufe, in die ich eingebunden wurde, und erwartete mit Spannung fast jeden Tag eine neue kleine Aufgabe. Einiges kannte ich von Islackers. Doch ich war überrascht, was für einen himmelweiten Unterschied es machte, wenn man wirklich Tag für Tag von morgens bis abends auf dem Hof war. Man bekam so viel mehr mit, als wenn man nach ein paar Stunden wieder heimfuhr!

Mit Jaroslaw arbeitete ich gern zusammen. Er war kein Mann der großen Worte, erzählte auch nicht viel von sich selbst. Meist arbeiteten wir schweigend Hand in Hand. Natürlich schmeichelte es mir, dass er mich so oft lobte, auch in Gegenwart der Chefs. Anders als zum Beispiel Gisbert, der immer wieder raushängen lassen musste, dass er schon bald am Ende seiner Ausbildung angelangt war und wohl einmal der Leiter des Unternehmens werden würde. Außerdem bildete er sich etwas darauf ein, dass er im Hengststall eingesetzt wurde, denn die Hengste waren das teuerste Gut auf dem Hof. Er maßregelte mich gern ein wenig und meinte, mir Dinge erklären zu müssen, die ich eh schon wusste. Das alles tat er aber stets auf eine sehr höfliche Art und Weise, sodass ich mir einfach nur meinen Teil dachte und ihn mehr und mehr für einen Blödmann hielt. Einen höflichen Blödmann.

Ja, es lief gut. Fast zu gut, sodass ich schon Sorge hatte, es könnte irgendeine Katastrophe passieren, die mich auf den Boden der Tatsachen zurückholte.

Wenn die Pferde für den Abend versorgt waren, setzte ich mich ein ums andere Mal auf mein Fahrrad und erkundete die Gegend. Die Radwege waren hier bestens ausgebaut, schlängelten sich durch Felder und Wälder und waren so gut beschildert, dass man sich einfach nicht verfahren konnte. Doch auf diesen Abendtouren musste ich erkennen, dass die Abgelegenheit des Hofes auch seine Nachteile hatte. Wenn ich in den Ort wollte, um mir etwas zu kaufen, dann konnte ich das nicht mal so eben wie zu Hause. Mit dem Rad war es ein gutes Stück zu fahren und ein Teil der Strecke ging über einen verdammt steilen Berg. Es gab zwar einen Bus, aber in den Schulferien fuhr er nur einmal am Tag. Das konnte ich knicken. Ich war also darauf angewiesen, dass mich jemand mit dem Auto mitnahm, der ohnehin in den Ort wollte.

Ein weiterer Nachteil war das mordslangsame Internet. Es dauerte eine gefühlte Ewigkeit, bis sich die Seiten aufbauten. Das entpuppte sich als extrem nervig. Ich gebe zu, ich fühlte mich ein wenig von der Welt abgeschnitten, und war deshalb froh, einen kleinen Fernseher in meinem Zimmer zu haben.

Andererseits verschaffte mir die Einsamkeit ein riesiges Zeitfenster für meine Leidenschaft: große Ausritte. Am liebsten mit Barnabas.

Zu Beginn spürte ich so etwas wie eine innere Sperre gegen diesen wunderbar rittigen Wallach. Es klingt vielleicht seltsam, aber ich hatte Angst, ich könnte die Erinnerung daran verlieren, wie es sich anfühlte, Djego zu reiten, wenn ich mich zu sehr auf Barnabas einließ. Dabei hatte Frau Schleinhege schon festgestellt, dass Barnabas und ich eine gute Einheit bildeten. Und das war es letztendlich doch auch, wonach ich mich sehnte: dieses Gefühl der Harmonie beim Reiten.

So kam es, dass ich an einem besonders schönen Sommerabend mit dem Wallach der untergehenden Sonne entgegenritt. Wie in einem kitschigen Cowboyfilm, dachte ich, geblendet von dem großen Feuerball, der den gesamten westlichen Himmel in ein warmes orangerosa Licht tauchte. Hunderte von Dohlen suchten auf den abgeernteten Feldern aufgeregt nach Resten von Körnern und krächzten sich ihre geheimen Botschaften zu. Münsterland, Dohlenland, dachte ich und musste grinsen, während mich Barnabas mit ruhigen Schritten über die Feldwege trug. Ich spürte genau, dass dies ein besonderer Moment war. Wehmütig war ich, ja, als ich den Satz nun klar in Gedanken formulierte: Djego gehört zu meiner Vergangenheit. Das hier, das war das Hier und Jetzt. Es war okay. Es war gut. Es war Harmonie. Ich beschloss, damit aufzuhören, jedes Pferd, das ich ritt, mit Djego zu vergleichen.

Ich sog die Luft tief ein, dass es nur so in den Lungen kribbelte, fühlte mich leicht und frei. Vor mir erstreckte sich ein langer Feldweg, der den sanften Hügel hinauf aus dem Tal führte. Ganz leicht lüpfte ich mein Hinterteil aus dem Sattel. »Nun, Barnabas, mein Lieber, was meinst du? Kleiner Galopp gefällig?«

Im Freien war ich mit Barnabas noch nie galoppiert, deshalb klopfte mein Herz, als der schöne Braune seine Hufe über das Gras fliegen ließ. Tränen stiegen mir in die Augen. Ich wusste nicht, ob es wegen des Abschieds von Djego war oder wegen das Glücks, das mich in diesem Moment erfüllte – doch beinahe hätte ich geschrien vor Freude.

Barnabas schnaubte laut, als ich ihn am Ende des Weges durchparierte. Ich richtete mich auf, tätschelte seinen Hals, kam wieder zu Atem und richtete meinen Blick in die Ferne. Von hier oben hatten wir einen wunderbaren Blick über das Tal, in dem der Schleinhege-Hof wie eine dicke Glucke über seinen Küken hockte.

Die Zeit hatte ich völlig vergessen. Und das Abendessen verpasst.

Zunächst ignorierte ich die Zeichen. Und auch die mahnenden Worte.

»Siehst wieder müde aus, Mädchen«, begrüßte Jaroslaw mich eines Morgens in seiner einfachen Art. »Hast Ringe unter den Augen.«

»Danke für das Kompliment«, erwiderte ich und wollte seinen Kommentar mit einem Lächeln abtun. Dabei war mir bewusst, dass er recht hatte. Der schwarze Tee hatte es an diesem Morgen nicht geschafft, meine Müdigkeit zu vertreiben. Ich nahm mir vor, heute besonders früh zu Bett zu gehen.

Doch am Abend, als ich gerade das letzte Futter verteilt hatte und dabei war, die Stallgasse auszufegen, bat mich Frau Schleinhege: »Jana, sei so lieb und begleite Gisbert zu Schulze-Fasthoffs. Er muss da zwei Fuhren Stroh abholen.« Der Schleinhege-Hof betrieb keine Landwirtschaft und musste neben anderen Einstreu-Materialien natürlich auch das Stroh zukaufen. »Übrigens werde ich dich jetzt für den Trecker-Führerschein anmelden«, fügte Frau Schleinhege hinzu. »Direkt nach den Herbstferien geht es los. Das wollte ich dir schon die ganze Zeit sagen.«

»Geht klar!«, antwortete ich und schüttelte dann über mich selbst den Kopf. Natürlich geht das klar, dachte ich. Ich bin ja hier, um solche Sachen zu machen!

Ich kehrte also die letzten Heuhalme zusammen und machte mich auf den Weg zu Gisbert, der schon den Schlepper gestartet hatte.

Eigentlich hätte ich jetzt Feierabend gehabt. Und sicher

hätte Gisbert die Sache auch allein regeln können. Aber der Sinn dieser Aktion bestand wohl darin, mir zu zeigen, wie man mit dem Schlepper rangierte und die Anhänger mit dem Stroh ankoppelte, die auf dem Nachbarhof schon bereitstanden.

Gisbert quatschte noch ein wenig mit dem Junior von Schulze-Fasthoffs und genoss dabei seine Rolle als Erklärbär. Sollte er seine Show haben! Mir war das egal. Und es war ja auch nicht so, als hätte ich nichts dabei gelernt.

Auf dem Rückweg wollte ich nicht zeigen, dass ich ziemlich ausgepowert war. Daher antwortete ich gegen den Treckerlärm anbrüllend brav auf alle Fragen, die er stellte. Wenn auch einsilbig. Nur eine Frage ließ mich ratlos zurück: »Vermisst du eigentlich deine Freunde?«

Ich sagte unverbindlich: »Geht eigentlich.«

Später am Abend aber – die Dämmerung hatte sich längst über den Hof und seine großen Linden gelegt und das Abendpalaver der Dohlen zum Verstummen gebracht – saß ich am geöffneten Fenster und betrachtete nachdenklich mein Smartphone. Auch das Mobilfunknetz ließ einen hier oft im Stich. An diesem Abend aber erschienen ausnahmsweise sogar drei Balken auf dem Display.

Erst jetzt, nachdem Gisbert mir diese Frage gestellt hatte, wurde mir bewusst, dass ich seit Tagen keine Nachrichten mehr in der Chatgruppe »Auf ins Leben!« gelesen hatte. Der Grund lag auf der Hand und schnürte mir die Kehle zu: Die anderen mussten eine neue Gruppe gegründet haben, in der ich nicht mehr drin war.

Selber schuld, Jana, dachte ich. Das passiert, wenn man nicht antwortet!

Draußen huschte eine der Hofkatzen vorbei. Wie gern hätte ich sie jetzt bei mir gehabt, um ihr kuscheliges Fell zu streicheln. Aber Katzen waren im Haus ja verboten, und außerdem waren die meisten der Mini-Tiger, die hier herumliefen, ziemlich scheu.

Die Katze verschwand durch ein offenes Fenster im Stall.

Darfst du nicht zu mir, komm ich zu dir, dachte ich und schlich aus dem Haus. Niemand sollte mitbekommen, dass ich noch einmal hinausging.

Die Seitentür zum Stall quietschte leise in den Angeln. Drinnen herrschte eine angenehme Ruhe, die meine Seele streichelte. Nur leises Schnauben, Rascheln von Stroh, dumpfes Hufestampfen.

Ich hielt nach der Katze Ausschau, konnte sie aber nirgendwo entdecken. Wer kannte schon die Schleichwege der geschickten und geschmeidigen Fellnasen?

Langsam schlenderte ich durch den Stall, um die Stuten nicht zu stören. Das winzige Fohlen stand neben seiner Mama und drückte den Kopf an ihre Flanke.

Vor Lovisas Box blieb ich stehen. Die alte Stute stand an der Tür und sah mich an. Als hätte sie erwartet, dass ich kommen würde. Fast ein bisschen gespenstisch.

Inzwischen wusste ich, dass Frau Schleinhege selbst sie immer fütterte. Wegen ihrer Zahnprobleme bekam sie nur eingeweichtes und besonders nährstoffreiches Futter. Der Tierarzt kontrollierte und behandelte ihr Gebiss alle drei Monate. Erst gestern war er wieder bei ihr gewesen. Und auch der Hufschmied brachte ihre Hufe regelmäßig und in kurzen Abständen in Form. Lovisa hatte noch nie Eisen getragen.

Dass diese Stute etwas Besonderes ausstrahlte, war keine Frage. Oder empfand nur ich das so? Bei Jaroslaw und Ellen hatte ich immer das Gefühl, dass die Versorgung von Lovisa einfach Teil der täglichen Routine war. Merkten die denn nicht, dass die Stute von einer Art Aura umgeben war? Automatisch streckte ich die Hand nach dem Riegel aus und war im nächsten Moment auch schon in Lovisas Box geschlüpft. Unbeweglich stand die hellbraune Schönheit da; nur an der Flanke zuckte leicht das Fell. Ich stellte mich an ihre Seite, legte meine Hand auf ihren Hals und genoss den Moment mit ihr allein.

Ein Spruch, den ich in einem meiner Pferde-Fachbücher einmal gelesen hatte, kam mir in den Sinn: *Wenn du ein Tier streichelst, streichelst du immer auch dich selbst.* Ich schloss die Augen und hatte plötzlich ein schlechtes Gewissen. Djego kam mir in den Sinn. War es tatsächlich so schnell passiert, dass sich mit Lovisa ein anderes Pferd in mein Herz geschlichen hatte?

Aber ich rief mich selbst zur Ordnung. Erstens war in meinem Herzen genug Platz für zwei Pferde und zum anderen war das hier mit Lovisa etwas ganz anderes.

Ich versuchte zu verstehen, was so anders war. Während Djego, der folgsame und ausgeglichene Wallach, und ich wie Partner agiert hatten, kam ich mir neben der weisen alten Stute viel unbedeutender vor. Mir war klar, dass das Tier mir mehr geben konnte als ich ihm. Anders konnte ich mein Empfinden nicht in Worte fassen.

Plötzlich war auch die Katze wieder da. Sie kam in die Box gesprungen und strich mir schnurrend um die Beine.

Das war einfach zu viel. Ich drückte mein Gesicht an Lovisas Hals und ließ zum ersten Mal, seit ich auf dem Pferdehof war, die Traurigkeit zu. Tränen der Erschöpfung blubberten aus meinen Augen und versickerten im cognacfarbenen Fell. Hatte ich mir, seit ich hier angekommen war, überhaupt mal erlaubt durchzuatmen? So richtig an zu Hause zu denken? An Mama und Manuel, an Oma Luise? Und Selisha. Wenigstens Selisha?

Sogleich kam Wut in mir auf über meine Freunde, die mich so einfach ausgemustert hatten. Also auch Selisha. Die konnte mir doch mal den Buckel runterrutschen!

Ich fühlte mich auf einmal bleischwer. Der Gedanke, die Stufen zu meinem Zimmer wieder hinaufsteigen zu müssen, war schon zu viel. Am liebsten hätte ich mich gleich hier ins Stroh gelegt, um zu schlafen, die kuschelige Katze im Arm, bewacht von der alten Stute.

Das war natürlich unmöglich. Ich durfte mich nicht hängen lassen! »Reiß dich zusammen, Jana«, flüsterte ich mir selbst zu. Entschlossen wischte ich mir mit dem Handrücken die Tränen aus dem Gesicht und zog die Nase hoch.

Als ich mich nach der Katze bückte, um sie zu streicheln, entwischte sie durch die dicken Gitterstäbe über der Bretterwand. Beim Aufrichten zitterten meine Beine.

Wenig später lag ich in meinem Bett und starrte aus

dem Fenster in die Baumkronen. Die Äste zeichneten sich schwarz vor dem dunkelblauen Himmel ab. Ich versuchte krampfhaft, mich daran zu erinnern, ob ich Lovisas Box wieder vernünftig verriegelt hatte – doch ich hatte weder daran noch an den Weg in mein Zimmer eine Erinnerung. Der Zweifel hielt mich vom Einschlafen ab, trotz aller Erschöpfung. Aber ich war viel zu müde, um noch einmal aufzustehen und nachzusehen.

Die Ungewissheit nahm ich irgendwann mit hinüber in einen unruhigen Schlaf. Jetzt übernahmen es die Träume, mich zu quälen. Ich versuchte, Leitern hinaufzusteigen, deren Sprossen brachen, sobald ich meinen Fuß darauf setzte. Einmal schienen sie zu halten, und ich wähnte mich endlich auf dem Heuboden, als die letzte Sprosse mit einem lauten Krachen zerbarst und ich in die Tiefe stürzte. Die Katzen kamen herbei und schlugen mit ihren Pfoten nach mir, wie ich da auf dem kalten Boden lag. Sie schimpften: »Wie dumm kann man sein? Mit High Heels die Leiter raufzuwollen! Da *müssen* die Sprossen ja kaputtgehen.« Ich wünschte mir, dass die Katzen mich trösteten, aber sie rannten weg, und ich konnte meine Zehen in den engen eleganten Schuhen nicht bewegen, so sehr ich mich auch bemühte.

Mit dem ersten Krächzen der Dohlen schreckte ich hoch. Ich war nass geschwitzt. Das Fenster stand sperrangelweit offen. Hatte *ich* es aufgerissen? Draußen auf der Fensterbank saß einer der schwarzen Vögel. Ich starrte ihn an. Unsicher, ob er wirklich da war oder ob ich noch immer träumte.

Anderthalb Stunden später begrüßte mich die Chefin in der Küche. Gut gelaunt goss sie sich einen Kaffee ein und trank ihn hastig im Stehen. Offensichtlich hatte sie es eilig. »Übrigens möchte ich gern, dass du Gisbert morgen zum Turnier begleitest. Das heißt, du müsstest ziemlich früh aufstehen. Alles Weitere besprichst du am besten direkt mit ihm.«

Ich nickte. »Okay.«

»Ursprünglich sollte Jaroslaw mitfahren«, erklärte Frau Schleinhege schon halb in der Tür. »Bermuda und Morning Sky werden im M-Springen antreten. Wir wollen sehen, ob die jungen Wilden in der Turnier-Situation die Nerven behalten.«

Dann war sie verschwunden.

Für einen Moment überlegte ich, ob sie mit »die jungen Wilden« etwa Gisbert und Jaroslaw gemeint haben könnte.

»Unsinn«, murmelte ich und stellte meine Teetasse auf die Anrichte. Der Tee schmeckte heute Morgen seltsam.

Was mir allerdings nicht klar war: Bedeutete das etwa, dass *ich* statt Jaroslaw einen der jungen Wallache reiten sollte? Das musste ich gleich unbedingt mit Gisbert klären.

Aber erst wartete die Arbeit im Stuten- und Jungpferdestall auf mich. Wie immer war ich vor Jaroslaw in der Futterküche. Das Zusammenstellen der Rationen war inzwischen Routine für mich. Doch an diesem Morgen fiel es mir zum ersten Mal richtig schwer, mich zu konzentrieren, daher kontrollierte ich lieber alles doppelt. Als ich die Eimer auf den Wagen hievte und diesen in die Stallgasse schob, war Jaroslaw noch immer nicht aufgetaucht. Ich wunderte mich.

Hatte Frau Schleinhege nicht vorhin gesagt, dass er eigentlich am nächsten Tag mit zum Turnier hätte fahren sollen? War er etwa krank und sie hatte vergessen, mich zu informieren? Ich hoffte sehr, dass in dem Fall Ellen oder Monika einspringen würden. Das Füttern schaffte ich sicher allein, aber das Misten ganz bestimmt nicht.

Mechanisch tat ich meine Arbeit. Die ganze Zeit über hatte ich das Gefühl, mir Spinnweben von den Augen wischen zu müssen, und war froh, dass ein frischer Wind durch die offenen Flügel der Stalltüren in den Stall wehte.

Ich atmete ein paar Mal tief durch, als ich den Wagen zur vorletzten Box bugsierte. Es war die vor Lovisas. Die alte Stute reckte ihren Kopf weit aus der offen stehenden Klappe, als wollte sie mir etwas sagen.

Ich sah nach. »Hey, Lovisa, was ist denn? Du hast doch deine Matschepampe schon bekommen!«

Die Stute scharrte mit dem Huf. Das kannte ich gar nicht von ihr! Aber ich musste das ignorieren; ich wollte fertig werden. »Lovisa, ich muss noch Mary-Anne füttern, danach können wir ein bisschen schmusen«, vertröstete ich sie. »Guten Morgen, Mary-Anne«, grüßte ich dann die stattliche Stute in der Box neben Lovisa, die schon ungeduldig wartete. Sie trat einen Schritt zurück, als die Schiebetür mit einem leisen Rattern zur Seite glitt.

Aber irgendetwas stimmte nicht. Da rannten schon wieder diese lästigen Ameisen durch meine Beine. Ich fasste nach dem Griff des Futterwagens. Der rutschte jedoch plötzlich nach vorn wie auf Schmierseife. Ich klammerte mich an die Stange. Meine Füße hatten auf einmal keinen Halt mehr. Dann versank alles in einem Meer aus bunten Farben und Blitzen. Ich spürte noch kurz ein sanftes Kitzeln an meiner Wange, ein warmes Schnauben an meinem Ohr. Dann nichts mehr. Nur noch wohltuende Stille.

»Gott sei Dank, da ist sie wieder!«, hörte ich irgendwann eine besorgte Stimme, die von ganz weit weg zu kommen schien.

Jemand strich mir sanft die Haare aus dem Gesicht und tätschelte vorsichtig meine Wange. »Jana?«

Ich mochte die Augen eigentlich nicht öffnen. Wollte nur da liegen und die Schwere meines Körpers spüren. Wo war ich überhaupt?

Direkt neben mir wieherte ein Pferd. Ich war also im Stall. Vorsichtig riskierte ich einen Blick. Jemand beugte sich über mich. Ellen.

Sie atmete hörbar auf. »Mann, Mann, Mann, Mädel, da lässt man dich einmal allein und dann machst du so was!«

Jetzt erst merkte ich, dass ich auf ein paar zusammengeschobenen Strohballen lag.

»Jaroslaw hat dich hier draufgelegt«, erklärte Ellen und jetzt hörte ich auch seine Stimme. Er telefonierte. »Er hat dich gefunden. Mary-Anne kam ihm auf dem Hof entgegen, da wusste er, dass etwas nicht stimmte.«

»Mary-Anne!«, wollte ich rufen, aber es klang eher wie ein Lallen.

Ellen legte mir beruhigend die Hand auf die Schulter. »Keine Sorge, die Stute ist längst wieder in ihrer Box. Nur gut, dass dir das nicht bei Roxanne passiert ist, dem nervösen Hemd.« Sie kicherte.

»Nein, alles gut, sie ist wieder wach«, hörte ich Jaroslaw im Hintergrund. »Es war nur ein kleiner Schwächeanfall.« Er beendete das Gespräch und trat an meine Seite. »Na, Kleine, alles wieder okay? Keine Sorge, ich hab der Chefin das mit Mary-Anne nicht gesagt.« Er tippte auf das Smartphone in seiner Hand. »Sie weiß nur, dass du in Ohnmacht gefallen bist.«

Ellen half mir, mich aufzurichten. Noch drehte sich alles in meinem Kopf.

»Wir sollen dich ins Bett bringen und da sollst du liegen bleiben«, sagte Jaroslaw. »Das ist ein Befehl! Klar?«

Ich nickte ergeben.

Das war mir alles ja so unendlich peinlich!

Ich versicherte, dass es mir eigentlich schon wieder ganz gut ging – aber Ellen führte mich in mein Zimmer und wartete, bis ich mich ins Bett gelegt und sie mir mit einem ernsten Blick das Versprechen abgenommen hatte, dort auch zu bleiben.

Der Gedanke, dass Frau Schleinhege gleich zurückkommen und nach mir schauen würde, war mir unangenehm. Die Vorstellung, was mit Mary-Anne Schlimmes hätte passieren können, war noch unangenehmer. Ich war Jaroslaw dankbar, dass er nichts verraten hatte.

Tatsächlich brauchte ich nicht lange zu warten, bis die Chefin wieder da war. Sie klopfte leise an, kam herein und setzte sich mit besorgter Miene auf die Bettkante. Einen

Brief, den sie in der Hand gehalten hatte, legte sie auf mein Nachtschränkchen.

»Der ist heute für dich mit der Post gekommen. Und, geht es dir wieder besser?«

Ich richtete mich auf. »Ja, eigentlich kann ich auch wieder aufstehen und …«

Frau Schleinhege legte die Hand auf meine Schulter und drückte mich sanft zurück in die Kissen. »Nichts da, Jana. Ich trage die Verantwortung für dich auf diesem Hof. Meine Freundin Christiane kommt gleich vorbei, sie ist Ärztin. Sie wird dann entscheiden, ob du aufstehen darfst.« Sie dachte einen Moment nach.

Ich schluckte, hatte Angst, sie würde mir nun eine Standpauke halten oder gar erklären, dass man solch eine unzuverlässige Auszubildende hier auf dem Hof nicht gebrauchen könne.

Aber ich hatte mich getäuscht. »Jana, du bist für uns hier wirklich eine wichtige und zuverlässige Kraft, und ich sehe, dass du eine gute Aufnahmefähigkeit besitzt, schnell lernst und eigenständig arbeiten kannst. Jedenfalls soweit ich das nach der kurzen Zeit beurteilen kann. Aber Verantwortung zu übernehmen, das bedeutet auch, für sich selbst Sorge zu tragen. Es hilft keinem, wenn du über deine Grenzen hinausgehst, hörst du? Die Grenzen seiner Kraft zu erkennen und sie sich einzugestehen, ist kein Zeichen von Schwäche, sondern von Stärke.«

Ich presste die Lippen zusammen. Mir fiel nichts anderes ein, als zu sagen: »Aber das Turnier morgen, ich soll doch …«

Frau Schleinhege tippte mir auf die Stirn. »Denk bitte über das nach, was ich dir gerade gesagt habe. Und vergiss das Turnier morgen. Dann wird Jaroslaw eben doch mitfahren. Und für dich wird bald eine andere Gelegenheit kommen.«

»Sagen Sie meiner Mutter nichts«, bat ich sie noch. »Sie soll sich keine Sorgen machen. Die Mutter von ihrem Freund ist schwer krank, das belastet sie schon genug.«

»Mal sehen«, antwortete Frau Schleinhege und zwinkerte mir zu. »Kommt drauf an, wie brav du bist.« Sie stand auf. In der Tür drehte sie sich noch einmal um. »Was ich dir eben gesagt habe, gilt vor allem auch für den Umgang mit Tieren. Das ist deine Lektion für heute.« Damit verließ sie mich.

Die Ärztin, die ein wenig später zu mir kam, war sehr nett. In ihren dunklen Locken glänzten viele Silberfäden. Sie stellte mir einige Fragen – ob ich so einen Schwächeanfall schon mal gehabt hätte, irgendwelchem emotionalen Stress ausgesetzt sei –, machte ein paar Tests, maß meinen Blutdruck und erklärte dann, ich sei so weit okay, aber ich solle mich den Tag über noch schonen und nicht arbeiten. Vielleicht einen Spaziergang machen.

»Ja, du darfst morgen wieder ran«, erklärte sie auf meine vorsichtige Nachfrage hin. »Vorausgesetzt, dass du heute Nacht gut schlafen kannst und dich morgen früh fit fühlst.«

Nachdem sie sich verabschiedet hatte, drehte ich mich auf die Seite. Dabei fiel mein Blick auf den kleinen weißen Umschlag auf dem Nachttisch. Den hatte ich total vergessen! Ich nahm ihn verwundert in die Hand. Wer schrieb mir denn einen Brief? Einen richtigen Brief?

Er war von meinem Patenonkel Stefan. Ich riss den Umschlag mit dem Daumen auf. Zum Vorschein kam eine Postkarte mit einem verrückten Foto von Mr. Bean. Auf der Rückseite war mit Tesafilm etwas festgeklebt. Ein borstiges weißes Haar.

Daneben wies ein Pfeil auf einen kleinen handgeschriebenen Text:

Hey, Lütte, das da ist ein Schnurrhaar von Enzo. Habe ich in seinem Chefsessel gefunden. Du weißt ja, dass die Teile Glück bringen. Liebste Grüße von deinem Lieblingsonkel! Stefan.

PS: Oma Luise lässt auch grüßen. Wir haben dich auf der HP vom Pferdehof bestaunt und sind mächtig stolz auf dich!

Spätabends. Nachricht von Mama:

Schlaf gut, mein Schatz. Manuels Mutter geht es besser. Bin so erleichtert!

Pferdekuss

Ich hatte meine Lektion gelernt. Und damit ging es mir gut. Ich hatte nicht mehr das Gefühl, jeden Tag etwas beweisen zu müssen. Anderen oder auch mir selbst.

Die Karte mit Enzos Glücksbringer-Schnurrhaar hatte ich an der Wand über meinem Bett festgemacht, sodass sie mich jeden Morgen daran erinnerte, dass das Leben es eigentlich gut mit mir meinte. Ich durfte genau das tun, was ich so gerne wollte: Pferdewirtin werden.

Alle benahmen sich mir gegenüber trotz des Vorfalls völlig normal. Nur Gisbert ging mir mit seiner aufgesetzten Fürsorge mächtig auf den Zeiger. Leider war ich gezwungen, mehrmals in der Woche mit ihm das Gymnastiktraining mit den jungen Pferden zu übernehmen. Die Stangenarbeit machte mir jedoch viel Spaß. Hier hieß es: ruhig mit den Youngstern! Höchste Konzentration war angesagt, und zwar bei Pferd und Reiter. Es war schön zu erleben, wie die Tiere dabei in ihren Bewegungen immer geschmeidiger und im Takt immer reiner wurden. Auch sie hatten offensichtlich ihre Freude daran, denn bei den Bodenübungen waren nicht nur Muskeln gefragt, sondern auch Köpfchen.

Ich sah zu, dass ich Bermuda immer genau an die andere Seite der Reithalle lenkte, um möglichst weit von Gisbert weg zu sein. Doch immer mal wieder ritten wir aneinander vorbei, und bei einer solchen Begegnung erklärte er mir – obwohl ich das natürlich von Schleinheges schon längst erfahren hatte –, dass man auf diesem Hof die Pferde erst relativ spät anritt und schonend ausbildete. »Gut Ding will Weile haben, wie wir im Münsterland sagen«, rief er mir von Morning Skys Rücken aus zu.

Bla-bla, dachte ich. Danke für die Info, Mr. Altklug. Als wir die beiden Wallache in den Laufstall zurückbrachten, um für die nächste Einheit Barnabas und die junge Stute Yellow Bird zu satteln, fragte er, ob mir das auch nicht zu viel würde. Da überlegte ich kurz, ihm mit dem Absatz meines Reitstiefels auf die Zehen zu treten. Ganz aus Versehen.

In der Mittagspause blätterte ich in der Fotogalerie meines Smartphones. Wie weit weg mein altes Leben bereits war! Da war ein Foto von Marc. Sein Gesicht war mir auf einmal fremd. Es löste kein flaues Gefühl mehr aus in meinem Bauch. Die Erkenntnis kam leicht wie ein Schmetterling herbeigeflattert, der sich auf meinen Arm setzte und sich entschied zu bleiben. Es war, als sei ich jetzt ein Stück mehr angekommen auf dem Pferdehof und könnte mich befreiter auf den Weg machen. Auf den Weg, Pferdewirtin zu werden. Die Ferien auf dem Bauernhof waren vorbei.

Als würde die nächste Stufe gezündet, startete nun auch die Berufsschule. Mir war klar, dass eine neue Herausforderung auf mich wartete.

Vom Hof aus waren es gut anderthalb Kilometer bis zur Bushaltestelle. Von dort fuhren am Morgen zwei Schulbusse in den Ort, wo ich in den nächsten Bus nach Münster umsteigen musste. Um pünktlich in der Schule zu sein, war ich gezwungen, den früheren Bus zu nehmen. Der Unterricht begann um acht, mein Tag deshalb um halb sechs.

In aller Frühe stiefelte ich los zur Haltestelle und kam mir ein wenig verloren vor. Jetzt war also der Moment gekommen, in dem sich zu meiner praktischen Ausbildung die graue Theorie gesellte. Und der Moment, in dem ich neue Mitschüler kennenlernen würde.

Im Bus war es rappelvoll. An einen Sitzplatz war nicht zu denken. Das laute Geplapper der Schüler, die zu den verschiedenen Schulen der Umgebung kutschiert wurden, lullte mich ein, obwohl ich in jeder Kurve unsanft hin und her geschubst wurde. In Nottuln wurde ich förmlich aus dem Bus gespuckt. Dann fand ich mich in einem von Dieselgestank durchtränkten Gewusel von Schülern wieder, die auf verschiedene Busse zuströmten. Nachdem ich ein Mädchen in meinem Alter gefragt hatte, fand ich in dem Gewühl den richtigen Bus nach Münster und ergatterte sogar einen Sitzplatz.

Vorsorglich hatte ich mir aus dem Internet einen Ausschnitt des Stadtplans ausgedruckt, sodass ich mich in Münster gut orientieren konnte.

Der Berufsverkehr war in vollem Gange. Hupen, Reifenquietschen, Motorenlärm. Im Kreuzungsbereich war die Luft abgasgeschwängert. Ich wünschte mich in die Ruhe des Schleinhege-Tals zurück!

Und dann stand ich vor dem riesigen Berufsschulkomplex. Die erste Hürde war genommen. Jetzt musste ich nur noch meinen Klassenraum finden.

Die Wegweiser führten mich ironischerweise erst einmal in die Irre. Bevor ich zu viel Zeit verlor, tippte ich dem nächstbesten Jungen auf die Schulter. »Entschuldige, ich suche den Raum 4-167. Ist der nicht hier?«

»Nee, da bist du falsch«, antwortete er. Er hatte raspelkurze blonde Haare und eine kleine Lücke zwischen den Schneidezähnen, so groß, dass gerade ein Streichholz dazwischengepasst hätte. Er zeigte den langen Flur hinunter. »Da musst du ganz ans andere Ende. Hier ist der Verwaltungstrakt. Aufgang zwei ist Gärtnereiwesen, Aufgang drei Landwirtschaft und dann kommt Aufgang vier. Du bist also eine von denen mit den Zossen.«

Im ersten Moment war ich verdutzt. War das abschätzig gemeint? Aber er grinste breit. Und ich grinste zurück.

»Dann mal danke«, sagte ich.

»Ich würde übrigens die Abkürzung über den Schulhof nehmen«, sagte er. »Geht schneller.«

Ich sah das Geschiebe und Gedränge im Flur und gab ihm recht. Jetzt fand ich den Raum leicht. Er lag im ersten Stock.

Ich zählte schnell durch: Mit mir waren sechzehn andere Schülerinnen und Schüler im Raum. Es waren fast genauso viele Jungen hier wie Mädchen. Wir beäugten uns schüchtern, aber neugierig. Neben den anderen fühlte ich mich fast wie ein Küken. Die waren ja alle älter als ich! Manche der Jungs waren schon eher junge Männer.

Doch beim zweiten Hinsehen stellte ich fest, dass eine gute Handvoll auch in meinem Alter war. Instinktiv setzte ich mich neben ein etwa gleichaltriges Mädchen mit rotblondem glattem Haar, das sich als Ines vorstellte.

»Hi, ich bin Jana.« Ich hielt immer noch den ausgedruckten Stadtplan in der Hand und faltete das Papier zusammen und wieder auseinander und wieder zusammen, denn ich hatte keine Ahnung, was ich mit Ines reden sollte.

»Ich mache meine Ausbildung im Reit- und Fahrverein in Warendorf«, sagte Ines. »Ist ein ganz schönes Gegurke morgens. Und du?«

Ich hatte keine Vorstellung davon, wie weit Warendorf von Münster entfernt lag. »In Nottuln. Auf dem Schleinhege-Hof.« Ich verdrehte die Augen. »Ich hab auch so einen blöden Schulweg mit umsteigen und so.«

Ines nickte. »Na ja, ist ja irgendwie klar. Die Höfe liegen halt alle außerhalb.«

Ich weiß nicht, was ich erwartet hatte, wie eine Lehrerin auszusehen hatte, die uns als Pferdewirte ausbilden sollte – aber mit so einer adrett gekleideten Frau hatte ich nicht gerechnet. Sie stellte sich als Frau Lütkemeyer vor und hatte es offensichtlich nicht raus, vernünftig ihr Make-up aufzutragen: Als sie durch die Reihen ging, um Stundenpläne, Bücherlisten und eine Übersicht über die Ausbildungsthemen in den jeweiligen Lehrjahren zu verteilen, konnte ich deutlich hellbraune Schlieren überall in ihrem Gesicht erkennen. Und als ich Ines einen Blick zuwarf, musste auch die sich heftig zusammenreißen, um nicht loszuprusten. Zwar hatte ich noch keine Ahnung, wie meine Mitschülerin so einzuschätzen war – aber es war in diesem Moment ein schönes Gefühl, dass wir das Gleiche dachten.

Frau Lütkemeyer machte einen sehr netten Eindruck. »Wir werden uns im ersten Ausbildungsjahr neben den Grundlagen der Pflege und Versorgung der Pferde und denen der Futtermittelkunde auch um die Pferdekunde im Allgemeinen sowie um betriebswirtschaftliche Aspekte kümmern. Schließlich sollen Sie alle am Ende Ihrer Ausbildung auch in der Lage sein, einen Hof zu leiten.« Hui, wir wurden gesiezt. Ja, ich wurde wohl tatsächlich langsam erwachsen!

Die Lehrerin sprach weiter: »Daneben gibt es noch einige allgemeinbildende Fächer zu absolvieren, Deutsch, Gesellschaftslehre, Mathematik.« Sie hob die Hände zu einer abwehrenden Geste. »Und bitte kein Gestöhne über Mathematik. Spätestens bei der Berechnung von Futtermengen werden Sie dankbar sein, wenn Sie den Dreisatz aus dem Effeff beherrschen.« Ein Lachen ging durch die Reihen.

Wir lernten noch mehrere Fachlehrer kennen, die uns allesamt einen Überblick über den Unterrichtsstoff des ersten Jahres gaben und etwas über unseren Hintergrund wissen wollten.

Manche Mitschüler flößten mir ordentlich Respekt ein, denn für sie war es die zweite Ausbildung, und sie hatten bereits jede Menge Erfahrung in der Landwirtschaft sammeln können. Etliche hatten Abitur gemacht. Mein Kükengefühl legte sich im Laufe des Tages also keineswegs.

In der Mittagspause ging ich mit Ines in die Mensa. Glücklicherweise gab es jeden Tag auch ein vegetarisches Gericht.

»Schmeckt's?«, fragte Ines, die ein Hähnchenschnitzel gewählt hatte, und zeigte mit der Gabel auf meine Reispfanne mit Gemüse.

»Ein bisschen langweilig«, gab ich zu. »Ich glaube, außer Salz kennen die hier keine Gewürze.«

»Doch, Maggi«, kicherte Ines. »Sag mal, isst du gar kein Fleisch?«

Ich schüttelte den Kopf. »Schon eine ganze Weile nicht mehr. Obwohl meine Mutter immer beim Bio-Metzger eingekauft hat. Da wusste ich wenigstens, dass das Fleisch nicht aus Massentierhaltung stammte. Aber ich habe für mich entschieden, dass für meine Ernährung kein Tier sterben soll. Es gibt so viele andere leckere Sachen, von denen ich satt werden kann.« Ich war gespannt auf Ines' Reaktion. Nicht dass ich ihr das Essen hätte madig machen wollen – doch sie hatte mich gefragt, und ich hatte eine ehrliche Antwort gegeben.

Aber sie schnitt sich in aller Seelenruhe ein weiteres Stück vom Hähnchenfilet ab. »Na ja, beim Bio-Metzger werden die Tiere auch nicht totgestreichelt«, erwiderte sie. Damit war das Thema für sie offenbar durch und ich hatte keine Lust auf eine ausführlichere Diskussion.

Am Nachmittag traf ich auf dem Weg zum Bahnhof wieder auf den blonden Jungen, der mir am Morgen den Weg erklärt hatte.

»Hey! Und?«, rief er im Vorbeilaufen. »Hast du's noch gefunden?«

»Ja, danke!«, rief ich zurück.

Er hob den Daumen und lächelte mich an.

Ich lächelte zurück.

Auf dem Heimweg war der Bus ziemlich leer. Die wenigen Menschen, die darin saßen, starrten mit leeren Blicken vor sich hin oder machten ein Nickerchen. Auch ich kämpfte gegen die Müdigkeit an. Meine Sorge, die Haltestelle zu verpassen, an der ich aussteigen musste, war aber zu groß, als dass ich mich getraut hätte, die Augen zu schließen.

Das war eine Menge Input gewesen! All die neuen Gesichter, die vielen Namen und die Menge an Stoff, die uns heute präsentiert worden war und die es im kommenden Jahr zu bewältigen galt. Wie ein riesiger Berg lag das vor meinem inneren Auge und machte die Lider erst recht schwer.

Eins wurde mir mal wieder bewusst: körperliche Erschöpfung war besser zu ertragen als geistige.

Als ich schließlich die Allee zum Hof hinunterlief, kamen mir Pferd und Reiter entgegen. Frau Schleinhege machte einen Ausritt mit Lovisa. An ihrer Seite lief Töffel, und als er mich sah, kam er sogleich auf mich zugestürmt. Sein wuscheliges Fell fühlte sich etwas borstig an unter meiner Hand. In seinen dunklen Knopfaugen sah ich mein Spiegelbild. Ich mochte diesen Hund sehr. Er war immer gut drauf.

Frau Schleinhege parierte Lovisa neben mir durch. »Hallo, Jana, wie war es in der Schule?«

»Puh!«, machte ich und wischte mir gespielt theatralisch über die Stirn. »Eine Menge Input für den ersten Tag«, wiederholte ich dann meine eigenen Gedanken. Mit den Fingerspitzen berührte ich sanft Lovisas weiches Maul. Ich fragte mich, was Frau Schleinhege wohl dazu sagen würde, wenn sie wüsste, dass ich manchmal abends zu ihrer Stute in den Stall schlich, um bei ihr Trost zu finden.

»Jana, ich weiß, ein Schultag ist kein Arbeitstag, aber ich wäre dir sehr dankbar, wenn du Monika gleich noch zur Hand gehen könntest. Sie will Tatinka an die Longe nehmen und braucht einen Helfer.«

Ich nickte. Die Arbeit mit den Pferden war jetzt genau das Richtige.

»Aber mach bitte erst mal Pause«, ermahnte mich die Chefin. »In der Küche stehen noch Tee und Rosinenbrot.« Dann gab sie Lovisa die Hilfen und ließ mich stehen.

Einen Moment sah ich ihnen nach. Ich beneidete Frau Schleinhege unendlich. Ob sie mir je erlauben würde, auf Lovisa zu reiten? Ich hatte mich bisher ja noch nicht einmal getraut, sie zu fragen.

Die Arbeit mit einem ganz jungen Pferd war immer etwas Besonderes und erforderte eine Menge Einfühlungsvermögen. Ich freute mich darauf, Monika zur Hand zu gehen, als ich die Reithalle betrat.

Die Trense kannte Tatinka schon und einen leichten Sattel trug sie auch nicht zum ersten Mal auf dem Rücken. Monika hatte ihr bereits Bandagen angelegt, als sie die junge Stute in die Halle führte, und befestigte nun die Longe am Trensenring und am Ring des Stallhalfters, welches der Trense übergelegt war.

Monika begab sich in die Mitte des Zirkels, während es meine Aufgabe war, mich an Tatinkas Kopf am Ende der Longe zu platzieren und mit ihr ein paar Runden durch den Zirkel zu gehen. Immer wieder lobte ich Tatinka, die ein Abkömmling von Fidora war, und redete beruhigend auf sie ein. In der für sie neuen Situation bewegte sie sich zunächst nervös und hob immer wieder den Kopf. Ein paar Mal dachte ich, sie wollte sich losreißen und galoppieren, aber dann fügte sie sich. Und als sie einmal verstanden hatte, worum es ging, stapfte sie brav durch die Volte. Drei, vier, fünf, sechs Runden blieb ich dicht neben ihrem Kopf, dann flüsterte Monika das Signalwort. »Jetzt!« Das war der Moment, in dem ich das Halfter loslassen und mich vorsichtig, aber ohne zu zögern von der Stute in Richtung Mittelpunkt entfernen musste.

Gespannt behielt ich die Stute im Blick.

Jetzt war es an Monika zu versuchen, Tatinka mithilfe ihrer Stimme, der langen Peitsche und der Longe im Zirkel zu halten.

»Weiteratmen«, flüsterte Monika.

Ich war im ersten Moment etwas irritiert, da ich dachte, sie hätte zu Tatinka gesprochen. Aber sie meinte mich, weil ich tatsächlich so gespannt war, dass ich die Luft angehalten hatte. Ich kicherte leise.

»Ja, das machst du großartig!« Dieses Lob wiederum galt natürlich der Stute, die brav weiter durch den Zirkel lief.

Ich beobachtete sie genau, um für den Fall, dass sie die Zirkellinie verließ, hinhuschen zu können und sie wieder auf den rechten Weg zu geleiten.

Im Trab schien die Stute sich wohler zu fühlen; die Gangart wurde ihrem Bewegungsdrang gerecht.

»Was für ein schönes Gangbild«, staunte ich.

Auf Monikas Gesicht legte sich ein wissendes Lächeln. »Ganz die Mutter, würde ich sagen. So, jetzt langsam stopp«, ordnete sie an. Das war für mich das Kommando, mich erneut an Tatinkas Seite zu begeben, damit die Stute verstand, dass sie auf dem Hufschlag anzuhalten hatte und nicht zu dem Menschen zu laufen, der da in der Mitte der Reithalle auf sie wartete. Im Laufe der Longierübungen würde sie das schnell verinnerlichen.

»Jetzt wickeln wir sie wieder ab. Sonst kriegt sie noch einen Drehwurm.« Monika lachte.

Nun war also die andere Richtung dran. Dazu führte ich die Stute durch den Zirkel und ließ sie dann auf der rechten Hand gehen.

Das war ganz offensichtlich nicht ihre Lieblingsseite. Tatinka wirkte plötzlich steif und in keiner Weise gelöst.

Geduldig führte ich sie Runde um Runde, bis ich merkte, dass sie langsam durchlässiger wurde und in den Takt fand.

»Jetzt!«, kam Monikas Kommando.

Für mich etwas überraschend. Ich dachte, es sei noch zu früh, das Halfter loszulassen, daher zögerte ich wohl einen

Moment zu lange. Die Hand hatte ich bereits geöffnet. Sogleich machte Tatinka eine Art Bocksprung und traf mich dabei mit dem rechten Hinterhuf. Im Reflex sprang ich zur Seite, was das Tier erschreckte und ausweichen ließ.

»Mist!«, fluchte Monika, gab Longe nach und folgte der Stute ein gutes Stück, bis diese sich halbwegs wieder beruhigt hatte.

»Jana, hast du dich verletzt?«, rief sie besorgt.

Mein Knie brannte wie Feuer. Ich presste meine Hand darauf, versuchte ein paar Schritte. Erleichtert stellte ich fest, dass das funktionierte. »Gibt bestimmt nur einen blauen Fleck. Sie hat mich nicht voll erwischt.«

Inzwischen hatte Monika die Stute am Halfter gegriffen und führte sie zurück. »Ich mag dich ja kaum fragen, aber meinst du, du kannst sie noch ein wenig führen?« Sie machte ein zerknirschtes Gesicht. »Wir sollten die Einheit so nicht beenden, sondern mit ein paar gescheiten Runden.«

Ich atmete einmal tief durch und übernahm dann die Stute. »Geht schon.«

Drei Runden führte ich Tatinka ganz akkurat durch die Zirkellinie, bis sie sich wieder ein wenig gelöst hatte. Auf Monikas Kommando hin hielten wir an. Monika übernahm. »Okay, Jana, ich danke dir. Wirklich nicht so schlimm mit deinem Knie? Bitte hol dir ein Coolpack. Im Gemeinschaftsraum im Kühlschrank liegen immer welche.«

Das machte ich. Dann setzte ich mich vor dem Stall auf die Eichenbank und presste mir das Coolpack aufs Knie. Schnell war mir klar, dass mich das Pferd etwas unterhalb des Gelenks getroffen hatte. Eigentlich hatte Tatinkas Huf mich auch nur gestreift. Ich ärgerte mich sehr, dass mir so ein saudummer Fehler unterlaufen war – auch wenn Monika eindeutig zu früh das Kommando gegeben hatte. Aber es zeigte mir einmal mehr, dass man bei der Arbeit mit den Tieren immer konzentriert bei der Sache sein musste.

Plötzlich kam die schwarz-weiße Katze auf die Bank gesprungen, die sich so oft in meiner Nähe aufhielt und die sich sogar streicheln ließ. Sie war sehr zierlich, etwa ein halbes Jahr alt. Ich nannte sie Lenchen.

Ich hatte absolut keinen Überblick darüber, wie viele Katzen auf dem Hof unterwegs waren. Vermutlich hatte den keiner. Aber diese eine hier schien mich wirklich zu mögen.

Ich sah Gisbert aus dem Hengststall kommen. Dem zu begegnen, hatte ich nun wirklich keine Lust. Vermutlich hatte er sogar schon gehört, was mir eben in der Reithalle passiert war.

Kurz entschlossen packte ich die kleine Katze, verbarg sie in der Seite meiner Sweatjacke und marschierte zielstrebig in mein Zimmer. Zwar rechnete ich damit, dass sich Lenchen wehren und die Krallen ausfahren würde, denn sie kannte es nicht, getragen zu werden. Zu meinem Erstaunen aber kuschelte sie sich tatsächlich in meine Jacke und ließ sich brav hinaufschleppen.

Ich wusste, ich konnte sie nicht lange in meinem Zimmer haben. Ich hatte kein Katzenklo und nicht mal was zu fressen für sie. Aber für eine kleine Weile wollte ich ihre Gegenwart genießen. Ich setzte mich in den Korbsessel am Fenster und zu meiner großen Freude kringelte Lenchen sich auf meinem Schoß zusammen.

Ich steckte mir die Kopfhörer meines Smartphones in die Ohren und machte ganz leise Musik an. Unter meiner Hand spürte ich, wie sich der kleine Katzenkörper beim Atmen auf und ab bewegte. Ich schloss die Augen.

Und musste wohl eingeschlafen sein.

Deshalb bemerkte ich Margret erst, als sie schon in meinem Zimmer stand.

»Verdammt, Jana! Was macht denn das Vieh hier drinnen?«, schimpfte sie, scheuchte Lenchen, die erschrocken aufgesprungen war, unsanft hinaus und jagte sie die Treppe hinunter. »Wag es ja nicht!«, hörte ich sie die Katze anbrüllen. »Da ist der Ausgang, du Luder!«

Dann kam Margret die Treppe wieder heraufgestapft. An ihren Schritten hörte ich, dass sie wütend war. »Machst du so was öfter? Du weißt genau, dass das Viehzeug im Haus nichts zu suchen hat! Ich muss mir überlegen, ob ich das der Chefin melde.«

Ich sagte nichts, denn ich wusste, dass jedes Wort der Erklärung nicht bei der Hauswirtschafterin ankommen, geschweige denn auf Verständnis stoßen würde. Was wusste die schon vom Seelestreicheln! Ich entschied, dass es das Beste war, den Mund zu halten. Deshalb nickte ich nur kurz.

Margret war schon fast zur Tür raus, als mir etwas einfiel. »Margret, warum bist du eigentlich hereingekommen?«

»Na, ich wollte dich fragen, ob du denn heute gar nicht zu Abend essen willst?«

Ich warf einen Blick auf die Uhr. Es war bereits sieben!

Als ich am Abend im Bett lag und nach meinem Buch griff, klemmte seitlich ein Katzenhaar zwischen den Seiten. Ich wollte es herauszupfen, dabei rutschte es jedoch ganz ins Buch hinein. So viel ich auch blätterte, ich fand es nicht wieder – doch ich wusste, dass mir das Herz aufgehen würde, wenn ich beim Lesen an die entsprechende Stelle kommen würde.

Später am Abend. Nachricht von Mama:

Hey, mein Schatz, wir vermissen dich so. Auch Enzo. Gerade liegt er hier bei mir auf dem Sofa und schnurrt ganz laut. Warte … Ich schicke dir eine Sprach-Nachricht. Äh, Schnurr-Nachricht. ☺

Ein rabenschwarzer Tag

Zum ersten Mal, seit ich auf dem Schleinhege-Hof war, wurde ich nicht von den Dohlen geweckt, sondern von einem ganz anderen Geräusch.

Regen.

Es war Regen, dem man ansah, dass er in der nächsten Zeit nicht aufhören würde. Kein Wolkenbruch, kein Schauer, kein Nieselregen, nein, ein satter Dauerregen. Ich lehnte mich ein wenig aus dem Fenster und musste feststellen, dass es sich auch mächtig abgekühlt hatte.

Rasch suchte ich in der letzten Tasche, die noch unausgepackt unter meinem Bett stand, nach meinem Regenzeug, das ich die ganze Zeit noch nicht gebraucht hatte.

Die Landwirte freuten sich natürlich. Viel zu lange war es trocken gewesen. Die Böden waren inzwischen steinhart.

Offensichtlich freuten sich auch einige der Jungpferde über den Segen von oben. Von meinem Fenster aus konnte ich ihren Freilauf sehen. Sie suchten keineswegs Schutz im Innern des Stalls, sondern standen unbeweglich da und ließen sich berieseln. Ihr Fell hatte einen eingebauten Nässeschutz. Die Natur hatte wirklich viele praktische Phänomene hervorgebracht.

Ich wusste nicht, ob Monika und Margret der Chefin von den beiden »Zwischenfällen« berichtet hatten. Ich für meinen Teil schwieg mich darüber aus.

Es war noch nicht Mittag, als Gisbert mich bat, ein weiteres Mal mit ihm zum Hof von Schulze-Fasthoff zu fahren. »Die leihen uns ihren großen Holzspalter. Falls von denen keiner da sein sollte, müsstest du mit anpacken. Außerdem kannst du mir und Thomas dann in den nächsten Tagen prima beim Holzstapeln helfen.«

Ich wollte ihn erst patzig fragen, ob das Spalten und Stapeln von Brennholz zur Ausbildung gehöre, aber ich hielt es dann doch für schlauer, niemanden zu provozieren. Außerdem mochte ich solche Arbeit, wenn ich ehrlich war.

Heute waren wir mit dem kleineren Traktor unterwegs, einem älteren Modell, in dessen Fahrerkabine es ziemlich zugig war. Ich wusste nicht so recht, wie ich mich hinsetzen sollte, um nicht durch die undichte Seitenscheibe ständig einen feinen Sprühregen in den Nacken zu bekommen. So hockte ich mich so weit wie möglich auf die Vorderkante des Sitzes.

Gisbert fuhr ziemlich zügig, sodass ich beinahe von der Sitzkante rutschte, als er in die Einfahrt zum Nachbarhof einbog.

Durch den Motorenlärm drang ein merkwürdiges Quieken an meine Ohren, das ich zunächst nicht einordnen konnte. Doch dann sah ich etwas großes Helles durch die verschmierte Seitenscheibe. Ein grauer Transporter stand auf dem Hof. Ein Schweinetransporter!

Nun war auch klar, woher das Quieken kam. Die Tiere wurden gerade aus dem Stall die Rampe hochgetrieben. Hinein in den Transporter, der sie zum Schlachthaus und damit in den sicheren Tod bringen würde. Das Quieken war das Schreien der Schweine!

Gisbert hatte den Traktor längst geparkt und den Motor abgestellt, aber ich rührte mich nicht von der Stelle. Mir war kotzschlecht. Ich wandte den Blick ab.

»Jana?«, rief er. »Nun komm schon.«

Zögernd ließ ich mich vom Sitz rutschen und kletterte aus dem Fahrerhaus.

Fasthoff junior war schon zur Stelle. Gisbert und er standen unter dem Dach der Remise und fachsimpelten über die Schweine. Ich stellte mich dazu, biss die Zähne fest zusammen und wusste kaum, wie ich die Situation aushalten sollte, denn im selben Moment schlug einer der Männer einem der Tiere, das die Rampe des Schweinetransporters nicht hinauflaufen wollte, voller Kraft mit einem Holzknüppel auf den Rücken.

»Das liegt an den blöden Quertreibern aus dem Gemeinderat«, lamentierte der junge Bauer. »Wir haben alles vorgelegt für den neuen Schweinestall, hochmodernes Teil, alle Gutachten schon eingeholt. Es fehlt nur noch die Baugenehmigung. Aber so ’n paar Moralapostel aus dem Rat haben dagegen gestimmt. Die halten sich echt für was Besseres, wissen gar nicht, wie unsereiner knapsen muss, weil's hinten und vorne nicht reicht. Jetzt müssen wir wieder warten, bis der Kreis das Okay gibt. Blöde Sache!«

Mein Blick fiel auf den fetten Geländewagen, aus dem der Bauer gerade gestiegen war. Von wegen Knapsen!

Und wieder brüllten die Männer und wieder schrien die Schweine.

Auch durch den Regen schienen die Tiere irritiert zu sein. So etwas kannten sie ja gar nicht! Gerade reckte eines der Schweine den Kopf über die Planken, die aufgebaut waren, damit die Tiere nicht abhauten. Es sah mich mit aufgerissenen Augen an. Ob es spürte, was ihm blühte?

Im selben Moment schlug einer der Männer dem Tier mit der Hand vor den Rüssel. »Ab mit dir! Rein da!«

»Aufhören!«, wollte ich schreien. »Hört sofort auf!«

Aber meine Kehle war wie zubetoniert. Plötzlich drehte sich alles um mich herum. Was sollte ich tun?

Ich konnte nichts ausrichten. Gar nichts! Kein einziges dieser Schweine konnte ich retten! Und dieser Bauer da dachte an nichts anderes, als einen weiteren schrecklichen Stall zu bauen, in den er noch mehr von diesen armen Tieren hineinpferchen konnte!

»Na, Jana, bist ja ganz blass«, sagte Gisbert auf einmal. »Du willst doch wohl nicht schon wieder in Ohnmacht fallen?«

Du Idiot!, dachte ich und versuchte, ganz ruhig durch die Nase zu atmen.

»Etwas schweigsam, euer Lehrmädchen«, stellte Fasthoff

junior fest und lachte. »Na, egal, ich hab den Spalter hier schon für euch hingestellt.«

Ich packte mit an, war froh, etwas zu tun zu haben und den Hof verlassen zu können, sobald wir das Gerät auf dem kleinen Anhänger verstaut hatten.

Während unserer Fahrt zurück zum Schleinhege-Hof wurde der Regen immer stärker. Der böige Wind schob tintenblaue Wolken über den grauen Himmel. Und immer wieder starrte ich in die aufgerissenen Augen des verängstigten Schweins.

Gisbert faselte die ganze Zeit etwas davon, dass wir trotz des Wetters mit dem Feuerholzmachen reinhauen müssten, weil Fasthoffs den Holzspalter spätestens in der nächsten Woche zurückhaben wollten. Aber ich hörte nicht richtig hin, klammerte mich am Überrollbügel fest, starrte geradeaus und ignorierte die Nässe, die mir wieder in den Nacken tropfte.

Bei unserer Ankunft auf dem Hof prasselte der Regen dann so richtig auf uns herab. Ich stieg aus und stellte mich mitten hinein in die dicken Tropfen, in der Hoffnung, sie könnten die schrecklichen Bilder aus meinem Kopf waschen. *Some people feel the rain …*

Dabei sollte es noch schlimmer kommen.

»Jana?«, brüllte Gisbert über den Hof. »Was stehst du denn da und lässt dich nass regnen! Komm, pack mit an!«

»Ich bin ja nicht aus Zucker!«, blaffte ich zurück und stapfte extra fest durch die Pfützen, damit es richtig schön spritzte. Als ob du wüsstest, was Regen ist!, dachte ich verbittert.

Zusammen wuppten wir das schwere Teil schließlich unter die Remise.

In dem Moment, als Gisbert den Trecker wegfuhr, bog ein grüner Geländewagen in den Hof ein. Auf dem Beifahrersitz saß Schleinhege senior und hob grüßend die Hand. Ich winkte freundlich zurück, denn ich wusste ja noch nicht, was mir bevorstand.

Herr Schleinhege stieg aus dem Wagen, und ich erkannte, dass er seine Jägerkluft trug. Er und der Fahrer liefen um das Auto herum. Dabei winkte er mich heran. »Jana, komm rasch her und fass mit an!«

Völlig unbedarft stiefelte ich auf den Wagen zu, dessen Heckklappe gerade geöffnet wurde. Neugierig reckte ich den Hals, um im selben Moment wie angewurzelt stehen zu bleiben. Ein Schmerz jagte wie ein Stromschlag durch meine Brust.

Auf der Ladefläche lag ein toter Rehbock! Und daneben mehrere Kaninchen. Schleinhege griff nach den Vorderbeinen des Bocks, sein Jagdkollege nach den Hinterbeinen, dann hoben sie ihn aus dem Wagen. Zufrieden grinste Schleinhege mich an. »Heute Morgen schon Jagdglück gehabt. Nimm du die Kaninchen«, kommandierte er. »Die müssen in die Wirtschaftsküche.«

Zögernd trat ich einen weiteren Schritt an den Wagen heran. Die Männer eilten mit ihrer Beute um das Wohnhaus herum.

Da stand ich. Im Regen. Starrte auf die toten Kaninchen. In einer Reihe lagen sie nebeneinander. Fast so, als würden sie nur schlafen. Langsam streckte ich die Finger aus und berührte sanft ihr flauschiges Fell. Eins nach dem anderen.

Ich spürte, wie die Übelkeit in mir aufstieg. War es nur Übelkeit? Nein. Es war unbändige Wut! Trauer.

Ich rannte hinter die Remise und kotzte mir die Seele aus dem Leib. Ja, so fühlte es sich an. Als hätte meine Seele großen, großen Schaden genommen.

Als ich einigermaßen wieder zu Atem kam und mich keuchend auf die Knie stützte, hörte ich Schleinhege fluchen. Kurz darauf knallten Autotüren, der Motor wurde gestartet. Entfernte sich. Dann hörte ich nur noch den Regen.

In meiner Jackentasche fand ich ein Tempo, mit dem ich mir den Mund abwischen konnte. Nach einer Weile wagte ich es, um die Ecke der Remise zu schauen.

Der Hof war leer.

Was sollte ich tun? Zum Mittagessen hinübergehen, als sei nichts gewesen? Wie ein reumütiges Hündchen Schleinhege senior unter die Augen treten und mich entschuldigen? Eine Ausrede erfinden? Oder ihm ordentlich die Meinung geigen? Dazu hätte ich natürlich die größte Lust gehabt – aber ich wusste, ich würde mich nicht trauen.

Plötzlich stand Jaroslaw neben mir. Durch das laute Plätschern des Regens hatte ich ihn gar nicht kommen hören.

»Was ist, Jana, willst du gar nicht Mittag essen gehen?«

Eigentlich war mir jeglicher Appetit vergangen, aber ich folgte ihm. Einen erneuten Schwächeanfall konnte ich mir nicht leisten. Ich musste darauf achten, regelmäßig zu essen.

An Jaroslaws Seite fühlte ich mich einigermaßen sicher.

Er war für mich inzwischen zu einer Art väterlichem Freund geworden. Zu meiner großen Erleichterung war Schleinhege senior nicht zu sehen, als wir die Küche betraten. Ich setzte mich neben Jaroslaw an den Tisch, griff nach der Schüssel mit dem Möhrengemüse und schaufelte mir eine Portion auf den Teller.

»Guten Appetit«, dröhnte da plötzlich eine Bassstimme durch den Raum. Der alte Herr Schleinhege, noch immer in Jagdkluft, trat in die Küche.

Der Löffel voll Gemüse, den ich mir soeben in den Mund geschoben hatte, fuhr in meiner Speiseröhre Fahrstuhl. Beinahe hätte ich mich verschluckt. Ich musste husten. Ich wünschte mir ein Mauseloch herbei, in das ich mich hätte verkriechen können.

Doch der Zufall kam mir zur Hilfe.

»Vater, bitte geh dich vorm Essen umziehen«, sagte Frau Schleinhege mit vorwurfsvollem Unterton. »Du hast Blut am Revers und an der Hose. Das muss doch nun wirklich nicht sein!«

Ich atmete auf. Bis er wieder zurück war, würde ich mit dem Essen fertig sein!

Jaroslaw beobachtete mich aus den Augenwinkeln. »Alles in Ordnung mit dir?«, fragte er leise.

»Alles in Ordnung«, versicherte ich im Flüsterton. Dabei fühlte sich mein Kopf an wie eingefroren. Ich konnte kaum einen klaren Gedanken fassen.

Der Stallhelfer durchschaute mich; vor ihm konnte ich meine innere Not nicht verbergen. Sicherlich sah er auch, dass meine Hand zitterte, mit der ich die Gabel führte. Kaum hatte ich mir den letzten Bissen in den Mund geschoben, verkündete Jaroslaw, dass er leider direkt in den Stall zurückmüsse und meine Hilfe brauche.

Das war wie eine Erlösung!

Schweigend schnappte ich meine Regenjacke von der Stuhllehne und folgte ihm hinaus.

Draußen atmete ich erst einmal tief durch. Der Regen hatte die Luft rein gewaschen.

Jaroslaw fragte nicht, was mit mir los war, und dafür war ich ihm dankbar. Doch wie sollte ich zukünftig mit solchen Situationen umgehen? Es war sicher nicht das letzte Mal gewesen, dass ich solche Erfahrungen machen musste. Aufgewühlt, wie ich war, rumorte es in meinem Bauch.

»Komm«, sagte Jaroslaw. »Da brauchen ein paar Jungs Bewegung.«

Wir öffneten die Fenster in der Reithalle weit und ich freute mich über den kühlenden Luftzug – jetzt prasselte der Regen monoton aufs Hallendach. Kurz nach Mittag machten wir bereits das Flutlicht an, um das Grau zu vertreiben.

Barnabas und Morning Sky waren inzwischen so weit, dass sie als ausgebildete Jungpferde in den Verkauf gingen. Beide waren turnierfertig und hatten in den vergangenen Wochen mehrfach ihre Nervenstärke unter Beweis stellen können. Sie ließen sich gut verladen, was ihre Chancen, einen guten Preis zu erzielen, erhöhte. Diese Tiere gehörten zum wichtigsten Kapital des Unternehmens.

Allerdings waren die beiden höchst unterschiedlich. Während Morning Sky ein wahres Springtalent war, hatte Barnabas die Dressureignung seiner Mutter Adeltraud geerbt.

Für uns ging es heute nur darum, sie zu bewegen, ein paar gymnastische Übungen mit ihnen zu machen. Und mich auf andere Gedanken zu bringen. Mich auf Morning Sky zu konzentrieren, half mir, runterzukommen und mich darauf zu besinnen, warum ich hier war – nämlich um meine Ausbildung zu machen und mich um die Pferde zu kümmern.

Jaroslaw und ich hatten die beiden Wallache fein herausgeputzt: Ihr kurzes Sommerfell glänzte, als sei es mit einer Speckschwarte eingerieben worden. Der trommelnde Regen erinnerte mich jedoch daran, dass sich das Ende des Hochsommers ankündigte. Nun würden die Pferde bald ihr Winterfell bekommen.

Auf einmal nahm ich eine Bewegung am Eingang wahr. Für einen Moment fuhr mir der Schreck in die Glieder. War Schleinhege senior mir auf den Fersen? Doch dann erkannte ich die Chefin und neben ihr einen bärtigen Typ in Jeans und Holzfällerhemd.

Auch Jaroslaw hatte sie entdeckt und wechselte durch die Bahn. Als sich unsere Wege kreuzten, zischte er mir halblaut zu: »Das ist der Angelkotte.«

Angelkotte. Seltsamer Name, dachte ich.

Frau Schleinhege gab mir nun die Anweisung zu einigen Tempiwechseln. Ich gab Morning Sky die Hilfen, trabte, galoppierte durch die Bahn, bis mich die Chefin schließlich zu sich rief. Am Eingang parierte ich den Wallach durch und grüßte den Mann mit einem Kopfnicken.

»Danke, Jana, Herr Angelkotte übernimmt ihn jetzt.«

Überrascht saß ich ab und sah anschließend zu, wie der Holzfällerhemd-Mann sich in den Sattel schwang, die Steigbügel verstellte und mit Morning Sky davontrabte.

Frau Schleinhege beachtete mich nicht weiter, sondern hatte nur Blicke für das Gespann. Verwirrt verließ ich die Reithalle und machte mich im Stall nützlich. Ich putzte Gondola und Mary-Anne, fegte die Stallgasse, räumte in der Viehküche auf und holte mit der Sackkarre neue Futtersäcke herbei.

Zwischendurch brachte Jaroslaw Barnabas in den Stall und gesellte sich zu mir.

»Wer ist denn nun dieser Typ da?«, fragte ich und wies mit dem Kopf Richtung Reithalle.

»Auch wenn er nicht danach aussieht, er ist ziemlich reich und besitzt einige wertvolle Pferde, mit denen er sehr erfolgreich an Turnieren teilnimmt. Wundert mich, dass du noch nie von ihm gehört hast. Jedenfalls ist er wohl spontan vorbeigekommen auf der Suche nach einem neuen Pferd.«

Ich merkte, wie mir plötzlich sehr warm wurde. Ausgerechnet ich hatte auf dem Pferd gesessen, das er sich ausgeguckt hatte! »Und?«, fragte ich den Stallhelfer. »Meinst du, dass er ihn nimmt?«

Jaroslaw lachte. »Na, so schnell wird er seine Wahl nicht treffen. Er wird Morning Sky im Auge behalten und sich noch bei weiteren Züchtern umschauen. Aber du kannst dir vorstellen, dass die Chefin und der Chef alles dransetzen werden, dass er sich für Morning Sky entscheidet. Das Tier ist gut und gerne seine fünfzehntausend Euro wert, wenn nicht mehr.«

Als ich diesen Betrag hörte, fiel mir die Flasche mit der Scheuermilch aus der Hand. Ein Riesenklecks des weißen Putzmittels spritzte auf den Boden.

Irgendwie hatte ich es geschafft, mich durch den Abend zu manövrieren, ohne dem alten Schleinhege über den Weg zu laufen. Doch ich wusste: Das konnte keine Dauerlösung sein. Zwar würde er den Vorfall mit den Kaninchen bestimmt ziemlich schnell vergessen, aber wer garantierte mir, dass so etwas nicht immer wieder vorkommen würde? Niemand. Ich musste also einen Weg finden, damit umzugehen. Zum ersten Mal wünschte ich mir jemanden herbei, bei dem ich meinen Kummer loswerden und der mir vielleicht einen Rat geben konnte. Oder der mir einfach nur sagte: Ich kann dich gut verstehen.

Vielleicht wäre Selisha so jemand gewesen.

Meine Glieder waren bleischwer, als ich später am Abend durch einen dichten Regenvorhang zum Stall hinüberschlich und in Lovisas Box verschwand. So wie ich das immer öfter tat.

Herr und Frau Schleinhege waren im Büro beschäftigt. Ich hatte sie durch das Fenster im Schein der Schreibtischlampe über ihren Unterlagen brüten sehen.

Mein Herz ging auf, als ich Lenchen über die Bretterwand balancieren sah. Die kleine Katze kam maunzend herbei und rieb ihr Köpfchen an meiner Schulter. Dann begann sie laut zu schnurren. Ich nahm sie auf den Arm und drückte sie sanft an mich. Vorsichtig trat ich an die alte Stute heran und hielt ihr das Kätzchen entgegen. Lovisa blies Lenchen ihren warmen Atem entgegen und die kleine Katze streckte niesend beide Vorderpfötchen aus. Ich musste lachen und setzte Lenchen auf Lovisas Rücken, von wo aus sie mich zuerst verdutzt ansah, es sich dann aber bequem machte.

Dieses Bild versöhnte mich ein wenig mit dem rabenschwarzen Tag.

Die Schweine, die heute Morgen von Fasthoffs Hof abgeholt worden waren, waren sicher alle längst tot. Sie würden bald auf dem Grill landen, im Gulasch oder als nette kleine Fleischbällchen auf den Tellern fröhlicher Kinder in schwedischen Möbelhäusern. Der Rehbock und die Kaninchen hingen zum Ausbluten in der Wirtschaftsküche.

Ich konnte einfach nicht begreifen, dass es für andere Menschen total normal war, Schweine in einen dunklen Stall zu pferchen, wo sie viel zu wenig Platz und keine Beschäftigung hatten und sich nicht im Matsch suhlen konnten. Wo sie nie die Sonne zu sehen bekamen. Dass es für so viele Menschen normal war, dass diese Schweine sterben mussten. Weil sie sie aßen. Und dass es für sie normal war, sich keine Gedanken darüber zu machen.

Nein, ich konnte es einfach nicht begreifen. Mir blutete das Herz.

Ich betrachtete Lovisa. Was zeichnete diese Stute aus, dass sie gehegt und gepflegt wurde und nicht wie ein Schwein eingepfercht und getötet?

Und Lenchen? Nein, ein Katzenleben war ja auf diesem Hof auch nichts wert. Zwar misshandelte man die Katzen nicht, aber es war völlig egal, ob sie lebten oder starben. Und wenn ich Jaroslaw richtig verstanden hatte, blieb es nicht aus, dass Katzenbabys getötet wurden. Kaum ein Landwirt kam auf die Idee, die Stallkatzen kastrieren zu lassen. Viel zu teuer. Schließlich hatte niemand die Tiere gebeten, auf dem Hof zu leben. Die waren einfach da. Da »entsorgte« man lieber die Katzenkinder, wenn es zu viele wurden.

Konnten diese Menschen nicht verstehen, dass ein Tier ein Recht auf sein eigenes Leben hatte? Selbst so eine kleine Katze? Nein, das konnten sie nicht.

»Lovisa«, flüsterte ich. »Kannst du mir nicht sagen, warum das so ist?«

Ich hatte diese beiden Tiere so fest in mein Herz geschlossen! Ich stellte mir vor, ich ritte auf Lovisa durch die von der Sonne gewärmten Felder. Lenchen würde vor mir auf Lovisas Rücken sitzen. Das wäre für mich der Gipfel des Glücks!

Obwohl im Stall solch eine Ruhe herrschte, hatte ich die Schritte nicht gehört. Erst als mit einem leisen Ratschen der Riegel der Boxentür aufgeschoben wurde, fuhr ich herum. Instinktiv griff ich nach der Katze und hob sie vom Rücken der Stute. Aber sie wollte sich nicht festhalten lassen, sondern suchte sofort das Weite.

»Jana, was machst du denn so spät noch hier?« Frau Schleinhege sah zum Glück mehr erstaunt aus als verärgert.

»Ich …«, stammelte ich. Ein nervöser Griff an den Hals brachte mich auf die Notlüge. »Ich … hab hier vorhin mein

Halstuch vergessen. Ich dachte, ich hole es lieber, bevor Lovisa versucht, es zu fressen.« Eilig schob ich mich an Frau Schleinhege vorbei und wünschte ihr eine gute Nacht.

Nachricht von Ines:

> Hab das Handbuch besorgt, bringe es morgen mit zur Schule. Denkst du an die Kohle? Schlaf schön!

Der Rotmilan

Es regnete noch immer, als ich mich am frühen Morgen auf den Weg zum Bus machte. Während ich mir mit dem rechten Arm die Schultasche vor die Brust presste, hielt ich mir mit den klammen Fingern der linken den Kragen meiner Regenjacke zu. Die Tropfen schienen aus allen Richtungen gleichzeitig zu kommen.

Ich überlegte krampfhaft, ob ich auf dem Weg zur Schule an einem Geldautomaten vorbeikam. Für Ines war es einfacher, in die Stadt zu fahren. Daher hatte sie angeboten, ein Fachbuch für den Unterricht für uns beide in der Buchhandlung zu besorgen. Da hatte ich natürlich nicht Nein gesagt.

Nach einer schlaflosen Nacht, in der meine Gedanken einfach nicht zur Ruhe gekommen waren, fühlte ich mich entsetzlich müde und wie gerädert. Ob da auch eine Erkältung im Anmarsch war?

Die Welt sah absolut trostlos aus, als sei sie unter den tief hängenden Regenwolken zusammengedrückt worden.

Nicht einmal die Dohlen meldeten sich mit ihrem kehligen Krächzen. Und die Motoren der vorbeirasenden Autos klangen heute besonders aggressiv.

Von den Rädern des Schulbusses spritzten wahre Fontänen zu allen Seiten. Wieder bekam ich nur einen Stehplatz. Die Luft war feucht, die Scheiben beschlagen.

In Münster am Bahnhof fragte ich mich zu einem Geldautomaten durch, vor dem sich allerdings eine kleine Schlange gebildet hatte. Ich musste mich beeilen und war deshalb schweißnass, als ich die Schule erreichte.

Während ich langsam wieder zu Atem kam, tauschten Ines und ich Buch gegen Geld. Ich wog das große Nachschlagewerk in den Händen und zwinkerte Ines zu. »Puh, da haben wir ja ganz schön was zu schleppen. Danke fürs Besorgen!«

»Kein Problem. Mensch, Jana, du siehst nicht gerade aus wie das blühende Leben«, kommentierte meine Tischnachbarin und biss herzhaft in eine Mini-Salami, die sie gerade aus der Folie geschoben hatte. Ihr konnte ich also von meinem rabenschwarzen Tag nichts erzählen. Ines hätte kein Verständnis für meinen Kummer gehabt.

»Ich glaube, ich kriege eine Grippe«, antwortete ich deshalb ausweichend.

Sie rückte demonstrativ ein Stück von mir ab. »Steck mich bloß nicht an!« Ines hob abwehrend die Hände. »Bei uns ist am Wochenende Turnier. Da darf ich einfach nicht krank sein.«

Das Turnier!

Das hatte ich ja völlig vergessen! Es fand in der Reit- und

Fahrschule in Warendorf statt – dort, wo Ines ihre Ausbildung machte. Frau Schleinhege hatte mir bei einem schnellen Frühstück im Morgengrauen berichtet, dass sie Gisbert mit Bermuda und Morning Sky für das Turnier nachgemeldet hatte. Möglicherweise konnte ich mitfahren.

Über unsere Begegnung in Lovisas Box hatte die Chefin kein Wort verloren. Ob sie selbst zu der alten Stute ging, um ihre Gedanken zu sammeln und Ruhe zu finden?

»Vielleicht sehen wir uns dann am Wochenende«, sagte ich zu Ines. »Gisbert, also der andere Typ, der bei uns die Ausbildung macht, ist nachgemeldet worden. Die haben einen Interessenten für eins der Pferde, und wenn es eine gute Platzierung schafft, ist das sicher nicht schlecht für die Verkaufsverhandlungen.«

»Mensch, das wäre ja cool!« Ines stopfte sich den Rest ihrer Mini-Salami in den Mund. »Dann zeig ich dir unseren Betrieb. Da kannst du dich verlaufen, sag ich dir!«

»Wie viele Auszubildende seid ihr denn eigentlich?«, wollte ich wissen.

»Fünf.« Ines hob die Hand und streckte die Finger wie Sonnenstrahlen.

Oha, dachte ich. Eine andere Liga.

Später saß ich allein in der Mensa. Ines musste in der Mittagspause ein paar Besorgungen machen. Also hockte ich am Tisch und starrte vor mich hin. Als fleischloses Essen gab es heute nur einen Salat mit ein paar lieblos darübergepfefferten Fetawürfeln. Das Dressing schmeckte nach eingeschlafenen Füßen.

Wieder überkam mich eine große Müdigkeit, und ich fragte mich, wie ich den Rest des Schultages überstehen sollte. Ob ein Kaffee nach dem Essen half? Eigentlich trank ich nicht gern Kaffee, aber einen Versuch war es ja wert.

Als sich zwei Jungs am Nachbartisch niederließen, stieg mir erneut ein so intensiver Bratengeruch in die Nase, dass mir beinahe schlecht wurde. Erst jetzt fiel mir auf, wie viele der Schüler sich heute für das »Schweineschnitzel Wiener Art« entschieden hatten. Das machte mich traurig.

Ich musste mich irgendwie ablenken und folgte mit meinem Blick den Regentropfen, die in kleinen Rinnsalen über die Fensterscheibe liefen. Gehorchten sie dabei irgendeinem Gesetz? In diesem Moment hatte ich die Vision, dass es nie wieder aufhören würde zu regnen. Einfach, weil ich so traurig und verwirrt war. Erst wenn ich wieder Klarheit hatte, konnte auch der Regen aufhören, dachte ich.

»Gutes Münsterländer Matschwetter«, sagte plötzlich jemand leise lachend in meinem Rücken. »Der Regen fällt lotrecht zu Boden.«

Die Stimme hatte ich schon einmal gehört, konnte sie aber nicht sofort einordnen. Ich drehte mich um, wobei mir der Fetawürfel, den ich schon vor etlichen Minuten aufgespießt hatte, von der Gabel fiel und den Tellerrand um wenige Millimeter verfehlte. Vor mir stand der blonde Typ mit der Zahnlücke, den ich am ersten Tag nach dem Weg gefragt hatte.

»Darf ich?« Doch er hatte sich schon gesetzt, bevor ich auch nur einen Pieps hatte antworten können. Zu meiner großen Erleichterung stand auf seinem Tablett ein Teller mit Salat und Fetawürfeln. Er reichte mir ganz förmlich die Hand. »Ich bin übrigens Kris.«

»Jana«, sagte ich. »Vorsicht, nebenbei.« Ich deutete auf seinen Salat. »Das Dressing schmeckt wie …«

»Halt!« Er hob die Hand. »Mal sehen, ob ich es herausschmecke.« Er tunkte etwas Salat und einen Käsewürfel in die Soße, schob sich alles in den Mund und kaute mit geschlossenen Augen – als genösse er gerade ein Sternemenü. Ich wartete gespannt. Schließlich öffnete er die Augen und grinste, sodass man seine Zahnlücke sehen konnte. »Eindeutig: eingeschlafene Füße!«

Mein Lachen schien aus allen Körperteilen gleichzeitig in meinen Hals und aus meinem Mund zu strömen. Eingeschlafene Füße! Er hatte es erraten!

Ich lachte und lachte und konnte überhaupt nicht mehr aufhören. Die beiden Typen vom Nebentisch schauten verwirrt herüber, aber Kris schenkte ihnen nur ein Achselzucken, woraufhin sie sich wieder abwandten.

Irgendwann konnte ich durchatmen. »Puh, wenn ich ehrlich bin, hab ich seit einer ganzen Weile nicht mehr so gelacht!«

»Fand ich jetzt gar nicht so originell, das mit den eingeschlafenen Füßen. Ist doch ein abgedroschener Spruch, oder?«, meinte Kris.

»Schon, aber ich habe tatsächlich vorhin ganz genau dasselbe gedacht, als ich das Dressing probiert habe: eingeschlafene Füße.«

Kris prostete mir mit seiner Apfelschorle zu. »Darauf stoßen wir an.« Dann wurde er plötzlich ernst. »Schöne Frau, warum eigentlich so traurig?«

Ich war vollkommen perplex. Wurde rot, wobei ich nicht wusste, ob der Grund dafür die »schöne Frau« war oder mein Gefühl, ertappt worden zu sein. »Wie? Was meinst du?«

»Na ja, du hast es selbst gerade gesagt, dass du schon lange nicht mehr gelacht hast. Und offen gestanden, habe ich dich ein bisschen beobachtet. Vorhin zum Beispiel, in der Schlange. Oder als du eben allein am Tisch gesessen hast. Du hast ziemlich traurig ausgesehen. Brauchst es mir aber auch nicht zu erzählen.«

Ich rieb mir mit den Fingerspitzen über die Stirn. »Hm, es ist die letzten Tage nicht so rund gelaufen, wie ich mir das gewünscht hätte«, antwortete ich zögerlich. »Ich hab ein paar blöde Sachen erlebt. Und außerdem hab ich schlecht geschlafen.«

»Nicht dass ich nachbohren will, aber ich hoffe, es hat dir keiner was getan?«, fragte er, und dabei fiel mir auf, dass er, genau wie meine Mutter, eine Augenbraue hochziehen konnte.

Ich zeigte mit den Zinken meiner Gabel auf seine Braue. »Darum beneide ich dich.«

Er fasste sich an die Stirn. »Worum?«

»Das mit der Augenbraue. Das möchte ich auch gern können. Also, eine einzelne Braue hochziehen.«

Jetzt war er es, der laut lachte. »Das ist mir noch nie aufgefallen, dass ich das kann!«

»Um deine Frage zu beantworten: Nein, mir hat niemand was getan.« Ich dachte einen Moment nach. »Außer dass es Menschen gibt, die meinen Seelenfrieden stören. Aber das tun sie nicht absichtlich. Sondern weil sie so sind, wie sie sind.«

Sollte ich ihm mein Herz ausschütten? Er machte den Eindruck, als ob er mich verstehen würde. Aber ich kannte ihn ja gar nicht, deshalb hielt ich mich zurück. Stattdessen fragte ich ihn, welche Ausbildung er machte. Unserem ersten kurzen Gespräch nach gehörte er ja nicht zu den Pferdewirt-Anwärtern.

»Ich werde Landwirt«, sagte er. »Bin im dritten Jahr.«

Ich stutzte und war plötzlich froh, ihm nichts erzählt zu haben. Für einen Landwirt war das mit der Massentierhaltung bestimmt völlig selbstverständlich.

Aber dann überraschte er mich. »Ich wollte unbedingt in die ökologische Landwirtschaft, weißt du? Und da hatte ich das große Glück, dass ich auf einem Genossenschaftshof hinter Altenberge den Ausbildungsplatz bekam. Das war für mich wie ein Sechser im Lotto.«

»Ein Biohof also?«, fragte ich und versuchte zu verbergen, wie erleichtert ich war.

Kris nickte grinsend. »Ein Biohof, wenn du so willst. Mit Direktvermarktung sogar. Zweimal in der Woche wird der Hofladen in der Scheune geöffnet.«

»Das ist ja cool! Da würde ich dich am liebsten mal besuchen«, platzte ich heraus. »Aber ich habe keine Ahnung, wo dieses Altendingsda liegt. Bestimmt weit weg von Nottuln, oder? Also, da mache ich meine Ausbildung. Für eine Radtour zu weit.«

»Altenberge.« Kris lachte. »Ist schon 'ne größere Tour. Bei schönem Wetter mit einigermaßen guter Kondition machbar, wenn du ein bisschen Zeit hast. Ich könnte dich aber auch mal abholen! Ich hab ein Auto. Ist zwar eine alte Klapperkiste, schnurrt aber noch ganz gut.« In diesem Moment wurde mir erst bewusst, dass Kris schon einige Jahre älter war als ich. »Vielleicht hast du ja am Wochenende mal Zeit und Lust?«, fragte er.

Ich schüttelte den Kopf. »Am Wochenende ist ein Turnier in Warendorf. Da, wo meine Klassenkameradin Ines ihre Ausbildung macht. Ich werde vermutlich unseren anderen Azubi dahin begleiten.«

»Verstehe«, sagte Kris. »Und du? Machst deine Ausbildung also in Nottuln. Wo denn da? Ist es okay?«

Ich hatte ein paar Gabeln Salat gegessen und spülte den seltsamen Geschmack mit Apfelschorle runter. »Ja, absolut okay. Ich bin auf dem Pferdehof Schleinhege. Da wohne ich auch für die Dauer meiner Ausbildung. Ich komme eigentlich aus dem Emsland. Die haben mich von Anfang an überall mit eingebunden und mir schnell Verantwortung übertragen, also lerne ich da richtig viel. Das gefällt mir. Ich glaube, meine Chefs sind ziemlich zufrieden mit mir, wenn ich sie richtig verstehe. Der Hof ist wunderschön und alle sind nett zu mir. Na ja, der andere Azubi ist ziemlich nervig und der Senior …«

»… behandelt dich doch schlecht«, orakelte Kris.

Ich lachte bitter. »Nein, so kann man das eigentlich nicht sagen. Er verlangt halt Sachen …«

Kris machte ein erschrockenes Gesicht.

Ich schlug mir die Hand vor den Mund. »Oh, Hilfe, nein, das klingt jetzt so, wie es nicht klingen soll! Die Sache ist die … Der Typ ist mit Leib und Seele Jäger.«

Kris' Gesichtszüge entspannten sich wieder. »Verstehe.«

»Ja?«, fragte ich. »Wirklich?«

Kris nickte nachdrücklich. »Ja, hab ich auch ein Problem damit.«

Ein Blick auf die große Wanduhr verriet mir, dass unsere Mittagspause fast zu Ende war. Die meisten Schüler hatten die Mensa bereits verlassen. Viele waren nach draußen gegangen, um zu rauchen.

Schade, dachte ich. Es war so nett hier mit Kris.

Plötzlich überfiel mich so etwas wie Panik, ich könnte eine Gelegenheit verpassen – mir war jetzt klar, dass ich Kris vertrauen konnte. Also erzählte ich ihm nun doch alles im Superschnelldurchlauf. Wie die Schweine verladen worden waren und ich den angsterfüllten Blick eines der Tiere nicht mehr loswurde; wie Schleinhege senior mich aufgefordert hatte, die toten Kaninchen ins Haus zu bringen; ja, ich erzählte ihm sogar, wie sich ihr Fell unter meinen Fingerspitzen angefühlt hatte. Wie ich mich übergeben hatte. Dass man wenig Verständnis dafür zeigte, dass ich kein Fleisch essen wollte. Und – das war wohl das Wichtigste – dass ich keinen blassen Schimmer hatte, wie ich damit zukünftig umgehen sollte. »Ich kann dem Typen doch nicht ständig aus dem Weg gehen!«, rief ich beinahe in meinem Kummer. »Und ich möchte so gern etwas tun, damit dieser Irrsinn mit der Massentierhaltung und den Tiermorden endlich aufhört!«

Bevor ich mich weiter in Rage reden konnte, schnitt mir die Schulklingel das Wort ab.

Kris schob das Tablett mit dem halb aufgegessenen Salat von sich und sah mich ernst an. »Jana, ich kann dir nur sagen, was mein Ausbilder mir mal mit auf den Weg gegeben hat: Lass dich von niemandem zu etwas zwingen, was dein Seelenheil gefährdet. Du kannst immer nur entscheiden, was für dich richtig ist, und deinen Weg gehen. Sei dir bewusst, dass du allein die Welt nicht retten kannst, denn sonst kannst du nur verzweifeln. Und damit ist niemandem geholfen.« Kris griff nach seiner Schultasche und zwinkerte mir zu. »Ich weiß, das klang gerade wie das Wort zum Sonntag. Aber ich muss leider schnell los. Ich schreibe jetzt einen Test.«

»Au Backe, da drück ich dir die Daumen!« Ich hatte ein schlechtes Gewissen, weil ich ihn aufgehalten hatte. »Lass das Tablett ruhig stehen, ich räume es mit weg.«

Er lächelte mich an, und ich spürte, dass ich schon wieder rot wurde. Dann war er verschwunden.

Und ich hatte nicht einmal seine Handynummer.

»Bis hoffentlich bald«, flüsterte ich ihm nach.

Ziemlich aufgewühlt blieb ich zurück. Bis mir klar wurde, dass auch ich mich beeilen musste, denn nun schellte es zum zweiten Mal.

Die große Weide, die als Parkplatz diente, war mit den schweren Pferdeanhängern nur mit Vorsicht zu befahren. Zwar hatte es inzwischen aufgehört zu regnen, aber das schlechte Wetter der vergangenen Tage hatte die Böden ordentlich aufgeweicht.

Die Räder des SUV sanken tief in den Matsch ein, sodass Gisbert den Wagen nur sehr langsam über die Wiese lenken konnte. Ein pickeliger Jugendlicher mit Signalweste wies uns an, bis ans andere Ende zu fahren. Ich stieg aus und winkte Gisbert in die Parkposition.

Bermuda und Morning Sky waren wie immer brav in den Anhänger gegangen und hatten sich während der Fahrt ganz ruhig verhalten. Der Weg hatte uns über eine ziemlich üble Bundesstraße geführt, auf der man schlecht überholen konnte, sodass sich immer wieder lange Schlangen hinter unserem Gespann gebildet hatten. Doch Gisbert hatte sich nicht aus der Ruhe bringen lassen. Die Sicherheit ging schließlich vor. So hatten wir fast anderthalb Stunden gebraucht, bis wir das Turniergelände des Reit- und Fahrvereins erreicht hatten. Dennoch waren wir gut in der Zeit.

»Das A und O bei einer Turnierteilnahme ist, dass man alles in Ruhe macht«, hatte Gisbert mir in seiner Schlaumeierart erklärt. »Es gibt zwei Feinde für ein erfolgreiches Turnier: Zeitdruck und Hektik. Besser, du bist eine Stunde zu früh fertig und kannst noch in Ruhe einen Kaffee trinken.«

Über das Gelände hallte eine blecherne Stimme aus den Lautsprechern. Die Ansagen waren kaum zu verstehen. Gisbert allerdings war nicht zum ersten Mal hier und brauchte sich nicht mehr zu orientieren. Er hob die Hand, in der er die Papiere hielt. »Okay, ich kümmere mich mal eben um die Startunterlagen.«

Ich lugte in den Anhänger. Die beiden Wallache sahen absolut klasse aus. Am Vorabend hatten Gisbert und ich sie schon gründlich geputzt und eingeflochten, sodass wir am Morgen nach dem Füttern nur noch etwas hatten nachbessern müssen.

Als Gisbert im Laufschritt zum Wagen zurückkam, winkte er mit der Starterliste. »So, bevor wir die Jungs rausholen, schaue ich mir noch den Parcours an. Kommst du mit?«

Meine Meinung war also gefragt. Klar kam ich mit!

Beim Gang durch die Bahn mit den acht Hindernissen berieten wir, wie man welches am besten anritt, wo man Zeit sparen konnte und wo man das auf keinen Fall durfte.

Ich zuckte mit den Schultern. »Besondere Schwierigkeiten erkenne ich nicht, höchstens bei der Steilsprung-Kombination dahinten. Danach darf man die Kurve nicht zu eng nehmen.«

Gisbert nickte. »Sehe ich genauso. Da ist Ruhe und Sammeln angesagt.« Er warf einen Blick auf die Uhr. »Wir haben noch jede Menge Zeit. Komm, ich lade dich auf eine Bratwurst ein!«

Ich schloss ganz kurz die Augen und holte tief Luft. »Nein danke, Gisbert, du weißt doch, dass ich keine toten Tiere esse.«

Er blieb abrupt stehen. »Du und dein Vegetarierkram!«

»Ja, ich und mein Vegetarierkram!«, blaffte ich zurück.

Gisbert lächelte mich herablassend an und zuckte die Achseln. »Ach, Jana, Schweine sind einfach saulecker. Vor allem die ganz kleinen, die könnte man komplett grillen und auf ein Baguettebrötchen legen.« Er rieb sich demonstrativ den Bauch.

»Na, jetzt kommst du dir wohl unheimlich witzig vor!«, rief ich wütend.

»Hey, nichts für ungut«, sagte er und tätschelte mir die Schulter.

Doch ich schob seine Hand unwirsch fort. Am liebsten hätte ich ihm eine Ohrfeige verpasst!

»Also gut, lassen wir das mit der Wurst und holen die Zossen raus.«

Was für eine selbstgerechte Art!, dachte ich zornig. Dabei kam mir etwas in den Sinn. Ich dachte an unseren Campingausflug und Sophies Ausraster. Genau das hatte sie mir vorgeworfen: eine selbstgerechte Art!

Ich grübelte einen Moment darüber nach. Doch ich fand die Parallele nicht. Oder war ich damals einfach zu blind gewesen?

Gisbert drehte sich um. »Alles in Ordnung, Jana? Ich wollte dich wirklich nicht ärgern. Aber verstehen kann ich dich trotzdem nicht.«

»Musst du auch nicht.« Ich stapfte hinter ihm her. »Mir reicht's, wenn ich das verstehe.«

Als würden sie tagtäglich nichts anderes tun, ließen sich Bermuda und Morning Sky einer nach dem anderen rückwärts aus dem Transporter führen. Morning Sky rupfte sich im Hinausgehen sogar noch gelassen ein Maul voll Heu aus dem Netz.

Ich war so froh, dass der blöde Regen endlich aufgehört hatte und wir die Pferde nun in Ruhe fertig machen konnten! Ihr Fell glänzte in der Mittagssonne mit den frisch gewienerten Sätteln um die Wette.

»Wirklich schick«, musste ich uns selbst loben, als die Tiere schließlich gesattelt und aufgezäumt dastanden. Also saßen wir auf und lenkten die beiden Richtung Abreiteplatz.

Gisbert hob die Hand. »Es gibt noch einen dritten Feind eines erfolgreichen Turniers, und zwar, die Pferde vor dem Durchgang auf dem Abreiteplatz schon auszupowern. Manche Leute hetzen ihre Tiere vor lauter Nervosität immer wieder über die Übungshindernisse und wundern sich hinterher, dass sie im Turnier dann keine Lust mehr haben.«

Ich verdrehte die Augen – was er nicht sehen konnte, denn ich ritt hinter ihm. Danke für den Hinweis, aber auch das wusste ich schon, Herr Oberlehrer!

Zu meinem Glück tummelten sich auf dem Abreiteplatz noch nicht so viele Reiter, so hatten wir genügend Raum, die Pferde zu bewegen. Neidlos musste ich anerkennen, dass Gisbert auf Morning Sky eine tolle Figur abgab. So seltsam dieser Mensch sich auch benahm, so ein guter Reiter war er doch. Wenn er nur nicht immer den zukünftigen Chef raushängen lassen würde!

Von Bermudas Rücken aus hatte ich einen guten Überblick über das Gelände. Ich reckte den Hals und schaute mich um. Alles fremde Gesichter. Es war eben etwas ganz anderes, ob man in seinem Heimatort an einem Turnier teilnahm, wo man immer wieder auf Bekannte traf und auf Konkurrentinnen und Konkurrenten, die man einzuschätzen wusste, oder ob man es mit lauter fremden Menschen zu tun hatte.

Und Ines hatte sicher Wichtigeres zu tun, als auf einer Wiese Autos einzuweisen.

Überall herrschte geschäftiges Treiben: Menschen liefen von hier nach da, führten ihre Pferde herum oder ritten gemächlich zum Platz. Ich musste über eine Gruppe Saatkrähen schmunzeln, die wie schwarz glänzende Perlen auf einer Schnur auf einem Zaun saßen und vor dem leuchtenden Grün der saftigen Wiese einen wunderbaren Kontrast boten. Unsere gefiederten Zuschauer beim Warmmachen! Und dann erhaschte mein Blick einen Greifvogel, der über dem benachbarten Acker kreiste. Mein Herz machte einen Satz, denn diesen Vogel konnte ich an seinem stark gegabelten Schwanz und dem rotbraunen Federkleid tatsächlich inzwischen erkennen. Ein Rotmilan!

Das freute mich besonders, weil ich wusste, dass diese eindrucksvollen Raubvögel stark gefährdet waren, sich ihr Bestand jedoch durch Schutzprogramme langsam wieder erholte. Das musste einfach ein gutes Omen sein!

Erst wollte ich Gisbert auf den Vogel aufmerksam machen, aber dann ließ ich es doch. Er sollte nicht meinen, dass ich mich mehr auf alles andere konzentrierte als auf das Pferd, das ich ritt. Außerdem hatte er für solche Symbole bestimmt nichts übrig und würde sie als Spinnerei abtun. Da war ich mir sicher.

Selisha, ja, die hätte einen Sinn dafür gehabt, dachte ich mit einem Mal wehmütig. Andererseits hatte sie nie etwas für Pferde übriggehabt. Genau wie Dana und Sophie.

Doch die lustigen Krähen und der Milan machten mich froh. Und nur das zählte.

Gut gelaunt gab ich Bermuda die Hilfen und galoppierte eine Runde über den Platz. Ich genoss es, eine Leichtigkeit zu spüren, die ich in den letzten Tagen so schmerzlich vermisst hatte – außer bei meinen Ausritten mit Barnabas. Es bewahrheitete sich immer wieder: Auf dem Pferderücken fühlte ich mich wie befreit.

Auf dem Platz waren zwei kleine Hindernisse zum Einspringen aufgebaut. Natürlich wusste Bermuda beim Anreiten gleich, was von ihm erwartet wurde. Ich trieb ihn an, gefolgt von einer halben Parade. Aufgepasst, Bermuda! Er hatte verstanden. Alles passte perfekt. Ich fühlte mich mit ihm im Gleichgewicht, ließ ihn kurz vor dem Hindernis die Geschwindigkeit selbst bestimmen – und dann genoss ich den kurzen Moment der gefühlten Schwerelosigkeit, als wir das Hindernis überwanden. Das Auffußen gelang butterweich!

Plötzlich beneidete ich Gisbert, der mit beiden Pferden an den Start gehen würde. Okay, bei Morning Sky verstand ich das gut. Er stand unter Angelkottes Beobachtung, und es war wichtig, dass er eine gute Platzierung schaffte. Und Gisbert war eben viel älter und erfahrener als ich. Ich sah ein, dass mir dieser Schuh eine Nummer zu groß war.

Seufzend parierte ich Bermuda durch und ließ ihn eine Weile am langen Zügel gehen.

Später, als das M-Springen begann, klopfte mein Herz deutlich schneller, auch wenn ich es selbst nicht in der Hand hatte, in das Geschehen einzugreifen. Bevor Gisbert aufsaß, spuckte ich ihm noch einmal über die Schulter. Zwischenzeitlich hatte er seine Reitkappe abgesetzt, und ich war einmal mehr erstaunt, dass seine Haare trotzdem aussahen wie frisch geföhnt. An Startnummer zwei ritt er zuerst auf Bermuda durch den Parcours, während ich mit Morning Sky auf dem Abreiteplatz zurückblieb. Um ihn warm und geschmeidig zu halten, ließ ich ihn über den Platz gehen, trabte ein wenig, galoppierte nur ein Stück. Da war plötzlich eine innere Sperre in mir. Seit ich wusste, wie wertvoll er war und dass ein möglicher Verkauf bevorstand, traute ich mir mit ihm nicht mehr zu. Obwohl das natürlich absoluter Quatsch war – schon allein, weil man ja jedes Pferd behandeln sollte, als sei es das wertvollste der Welt! Dennoch, es war nicht auszudenken, würde doch irgendetwas passieren und ich wäre schuld. Nicht nur wegen des großen finanziellen Verlustes.

Ich spitzte die Ohren und versuchte herauszuhören, wie es für Gisbert und Bermuda lief. Mal hörte ich Applaus, mal ein lautes Aufstöhnen des Publikums. Hatte Bermuda einen Balken gerissen? Oder verweigert?

»Hey, Jana, da bist du ja!«, hörte ich plötzlich jemanden rufen. Ines stand am Zaun und winkte.

»Hallo, Ines!« Ich lüpfte meinen Po ein bisschen aus dem Sattel und winkte zurück.

Ich weiß nicht, was plötzlich in mich gefahren war. Vielleicht wollte ich Ines demonstrieren, was für eine tolle Reiterin ich war – was eigentlich eine ziemlich bescheuerte Idee war. Jedenfalls fand ich mich einen Augenblick später mit dem Wallach beim Anreiten auf das Hindernis wieder. Alle meine Bedenken waren wie von Zauberhand aus meinem Kopf gepurzelt. Dabei hatte ich mich auf diesen Sprung überhaupt nicht vorbereitet! Steif saß ich im Sattel und fühlte mich ganz und gar nicht im Gleichgewicht mit Morning Sky. Hilfe, was mach ich hier?, fuhr es mir durch den Kopf. Völlig verkrampft sah ich mich schon mit dem Wallach mitten ins Hindernis hineinkrachen! Das Adrenalin schoss mir durch die Adern, dass es brannte. Doch reflexartig gab ich im letzten Moment Zügel nach und das Pferd übernahm zu meinem Glück das Kommando. Nicht elegant, aber sicher sprang Morning Sky über das Hindernis. Sehr unsanft fußte er auf, und ein Schlag fuhr mir durch die Knochen, als ich hart im Sattel landete.

Du lieber Himmel, wie peinlich! In erster Linie war ich natürlich froh, dass nichts passiert war. Um mich selbst zu beruhigen, atmete ich ein paar Mal tief durch.

»Alter Schwede, du musst mich ja für eine hundsmiserable Reiterin halten!« Obwohl ich mich viel lieber in einem Mauseloch verkrochen hätte, war ich zu Ines hinübergeritten und parierte das Pferd am Zaun durch. Was blieb mir anderes übrig als die Flucht nach vorn?

Ines verschränkte demonstrativ die Arme vor der Brust. »Du kannst von Glück reden, dass ich nicht deine Reitlehrerin bin. Oder noch schlimmer: deine Chefin.« Dann lachte sie. »Aber in erster Linie ist das ein Traum von einem Pferd. Der Junge hat's rausgerissen.«

Ich zwinkerte ihr zu. »In Wahrheit wollte ich ihn nur mal testen.«

Ines brauchte nicht zu wissen, was für ein Felsbrocken mir gerade vom Herz gefallen war. Nicht auszudenken, der Wallach hätte sich verletzt!

Ines lief jenseits des Zauns Richtung Gatter und ich folgte ihr auf der anderen Seite. »Ich hab mir die Starterliste angeschaut. Euer Hof ist ja mit zwei Pferden dabei«, sagte sie.

»Ja, aber mit nur einem Reiter. Gisbert müsste mit Bermuda gerade zurück sein. Gleich ist Morning Sky dran.« Ich beugte mich vor und tätschelte dem Wallach den Hals, um zu zeigen, dass es sich dabei um diesen prachtvollen Burschen handelte. »Ich muss jetzt zum Wagen rüber, damit Gisbert gleich in Ruhe die Pferde wechseln kann. Für Morning Sky ist eine gute Platzierung sehr wichtig, es gibt nämlich einen Kaufinteressenten. Kommst du mit?«

»Ha, ha«, machte Ines. »Das würde Frau Lütkemeyer aber gefallen, dass du so betriebswirtschaftlich denkst! Ja, eine kurze Pause kann ich machen. Wenn eure Pferde nach dem Springen versorgt sind, hast du ja vielleicht einen Moment Zeit, dann führe ich dich ein bisschen rum.«

Ich war durch das Gatter geritten, parierte Morning Sky durch und saß ab, denn ich wollte mich mit Ines nicht so von oben herab unterhalten. Außerdem konnte ich dadurch den Sattelgurt noch einmal etwas lockern. »Das wäre schön, aber es hängt natürlich auch von Gisbert ab. Also, wenn der sofort nach Hause will … Leider kann ich ja jetzt nicht weg.«

Ines zuckte mit den Schultern. »Ist ja klar. So ein Start kann sich ruckzuck nach vorn verschieben, wenn welche ausscheiden.«

Quatschend liefen wir am Rande des Parkplatzes entlang. Ines erzählte mir vom Reit- und Fahrverein und der Anlage, von ihren Ausbildern und den anderen Azubis, als wir hinter uns plötzlich das Aufheulen eines Motors hörten und Stimmen, die laut durcheinanderschrien.

Erschrocken fuhren wir herum, meine Hand krampfte sich automatisch um den Zügel. Da kam ein dunkler Jeep mit Pferdeanhänger auf uns zugeschleudert! Viel zu schnell war der Fahrer unterwegs, dem Morast war er eindeutig zu nahe gekommen. Der Wagen fand keinen Halt, rutschte zur Seite wie auf Schmierseife. Hektisch lenkte der Mann gegen, was die Situation noch schlimmer machte, denn nun begann der Anhänger zu kippeln und drohte umzufallen.

Menschen sprangen zur Seite, Pferde wieherten und stiegen. Ich blickte in entsetzte Gesichter.

Dann spürte ich einen brennenden Schmerz in der linken Hand. Morning Sky hatte sich in seiner Panik losgerissen und galoppierte davon. Und er steuerte direkt auf eine Anhängerdeichsel zu!

Ein lauter Schrei entfuhr meiner Kehle. Es kam mir vor, als käme er von weit, weit weg.

Die Krähen stoben auf und flogen davon.

Nachricht von Frau Islacker:

Hallo Jana,
ich hoffe, es geht dir gut auf deiner Ausbildungsstelle und du lernst fleißig. Gerade habe ich mit Frau Tarakci telefoniert, von der ich dich herzlich grüßen soll. Sie hat noch einmal betont, was für eine zuverlässige Pferdepflegerin du für ihren Djego warst und dass sie dir sehr dankbar ist.
Ich hoffe, du kommst bald mal in die Heimat, dann kannst du auch das Fohlen kennenlernen. Donata ist zuckersüß und Seidelbast eine sehr fürsorgliche und geduldige Mutter. Alles Liebe!
PS: Mein Vater lässt fragen, ob du dich auch vernünftig ernährst oder ob dir die sturen Münsterländer immer nur Schnitzel aufschwatzen wollen? ☺

Im freien Fall

Frau Schleinhege war außer sich.

Wir waren nach Warendorf gefahren, um eine gute Platzierung für Morning Sky zu landen. Nun waren wir wieder zurück, ohne Platzierung und mit einem verletzten Pferd.

Gisbert saß in der offenen Fahrertür des SUVs, die Hände auf die Oberschenkel gestützt, und machte ein ernstes Gesicht. Er hatte seine Tante bereits vom Turnierplatz aus über das Unglück informiert.

»Eine üble Wunde, aber nur eine Fleischwunde. Die verheilt wieder«, hatte der Tierarzt, der den Wallach direkt auf dem Platz untersucht und verbunden hatte, mir versichert. Mir, die ich kurz zuvor völlig hilflos hatte mit ansehen müssen, wie Morning Sky mehr über die Deichsel gestrauchelt als gesprungen und dabei mit dem Vorderbein gegen die Kurbel geknallt war.

Nun stand ich da und fühlte mich einfach nur schlecht, schuldig, wie eine Versagerin.

Frau Schleinhege rang die Hände. »Jana, wie konnte denn das passieren, Herrgott noch mal?«, fragte sie zum wiederholten Male.

»Veronika, bitte, Jana konnte wirklich nichts dafür. Der Einzige, der daran Schuld trägt, ist dieser Vollidiot mit dem Jeep!« Es war ein seltsames Gefühl, dass ausgerechnet Gisbert für mich Partei ergriff. Doch er wusste, wovon er sprach, denn er war im Moment des Unglücks gerade zum Platz zurückgekommen und hatte das Geschehen von Bermudas Rücken aus genau beobachten können. »Dabei haben einem die Einweiser genau erklärt, wo man langfahren soll und dass man das sehr langsam tun muss wegen des Schlamms. Weiß der Teufel, was der Vollpfosten sich dabei gedacht hat! Dass Jana mit Morning Sky gerade in der Nähe war, war einfach Pech.«

Töffel wuselte seinem Frauchen um die Beine. Der Hund merkte, dass etwas im Busch war. So was konnte er nicht leiden, er war schließlich der Aufpasser hier. Doch Frau Schleinhege schob ihn genervt mit dem Fuß beiseite. »Geh weg, Töffel, dich kann ich hier jetzt wirklich nicht gebrauchen.« Ihre Stimme klang fast hysterisch. »So was darf einfach nicht passieren. Herr Angelkotte wird alles andere als begeistert sein. Vermutlich war's das erst mal mit dem Verkauf.« Sie warf mir einen scharfen Blick zu.

Ich konnte diesem Blick nicht standhalten, knetete nur meine schmerzende Hand. Ein leuchtend roter Striemen zog sich quer über die Handfläche. »Tut mir echt leid«, war das Einzige, was ich mit dünner Stimme über die Lippen brachte.

Jetzt stieg Gisbert aus dem Wagen und trat nah an seine Tante heran. »Und trotzdem passieren solche Dinge«, sagte er eindringlich zu ihr. »Ich kann gut verstehen, dass du so aufgebracht bist, aber lass uns doch froh sein, dass Morning Sky keine schlimmeren Blessuren davongetragen hat. Er ist auch nicht das einzige Tier, das etwas abbekommen hat. Es grenzt an ein Wunder, dass sie das Pferd aus dem umgekippten Anhänger nur leicht verletzt geborgen haben.«

»Selbst schuld, sein Pferd so in Gefahr zu bringen«, schimpfte Frau Schleinhege. »Und andere Tiere und Menschen gleich mit.«

In der Tat war bei dem Unglück auch eine Frau verletzt worden, deren Pferd in Panik gestiegen war und sie übel mit dem Huf an der Schulter getroffen hatte. Sie hatte das Tier wie ich am Zügel geführt. Man hatte sie mit dem Rettungswagen ins Krankenhaus gebracht.

Frau Schleinhege atmete tief durch. Dann klatschte sie in die Hände. »Also gut, holen wir die beiden Burschen heraus und bringen sie in den Stall. Ich habe Doktor Richter schon angerufen. Er wird nachher vorbeikommen und sich die Verletzung anschauen.« Sie griff nach der Verriegelung der Anhängerklappe. »Und du hast an die Personalien von diesem Typen gedacht?«, fragte sie Gisbert. »Wollen wir hoffen, dass er gut versichert ist.«

Schweigend half ich beim Entladen der beiden Wallache. Natürlich war es so gewesen, wie Gisbert sagte. Ich hatte keinen Fehler gemacht, war einfach nur zur falschen Zeit am falschen Ort gewesen. Dennoch hatte ich in diesem vermaledeiten Augenblick die Verantwortung für Morning Sky gehabt. Und deshalb fühlte ich mich schuldig. Da biss die Maus keinen Faden ab.

Vielleicht fühlte ich mich auch darum schuldig, weil ich den Gedanken nicht loswurde, das Pferd hätte sich bereits bei diesem unbedachten Sprung über das Übungshindernis verletzen können.

Zum Glück fußte Morning Sky unter den kritischen Blicken seiner Besitzerin ganz normal auf, als er rückwärts die Rampe hinunterschritt. An seinem Verband klebte ein bisschen Dreck, und beim zweiten Hinsehen bemerkte ich, dass etwas Blut durchgesickert war. Hoffentlich war das kein schlechtes Zeichen.

Ich konnte die Chefin ja verstehen. Einen solchen Hof auch finanziell am Laufen zu halten, war eine große Verantwortung. Die Pferde waren ihr Kapital. Jeder Ausfall schmerzte, besonders wenn es sich um ein so wertvolles Tier handelte. Jetzt hieß es erst einmal abwarten.

Während Frau Schleinhege und Gisbert die Pferde in den Stall brachten, lud ich den Wagen aus, räumte die Sachen an Ort und Stelle und säuberte den Anhänger. So bekam ich auch gleich die Ankunft des Tierarztes mit.

Es tat gut, dass er mich direkt ansprach und sich von mir noch einmal alles erzählen ließ. »Oje, das muss ein Schreck für dich gewesen sein«, sagte er dann. »Wie geht es dir denn jetzt?«

Einen Moment lang schwieg ich verblüfft. Er war der Erste, der danach fragte – keiner hatte bisher auch nur ein Wort darüber verloren, dass ich bei dem Unglück ebenfalls hätte verletzt werden können. So wie die Frau, die nun mit gebrochener Schulter in Warendorf im Krankenhaus lag.

Ich zuckte die Achseln. »Na ja, es geht.«

Aber an meiner Stimme hörte Doktor Richter wohl, dass ich einen Kloß im Hals hatte und kurz vorm Heulen war. Er tätschelte mir die Schulter und lächelte mich an. »Na, dann schauen wir uns den Patienten doch mal an. Kommst du?«

Ich blieb in der Stallgasse stehen, beobachtete das Geschehen in der Box durch die Gitterstäbe. Frau Schleinhege war noch immer aufgewühlt, doch der Tierarzt schien beruhigend auf sie einwirken zu können. Morning Sky blieb brav stehen, während Doktor Richter den Verband ablöste und die Wunde in Augenschein nahm. Zu meiner großen Erleichterung bestätigte er das, was der Arzt in Warendorf diagnostiziert hatte. Aber er mahnte zur Vorsicht.

»Sie wissen ja, solche Wunden können sich infizieren. Regelmäßiger Verbandwechsel und engmaschige Kontrolle sind angesagt. Und halten Sie den jungen Burschen hier ruhig! Hoffen wir mal, dass er nicht versucht, den Verband abzuknabbern«, sagte er, während er mit Gisberts Hilfe eine neue Bandage anlegte. Dann trat Doktor Richter aus der Box und wandte sich direkt an mich, als wäre ich die Besitzerin des Pferdes. »Keine Sorge, Jana, das kommt schon wieder in Ordnung. Begleitest du mich noch zum Wagen? Dann gebe ich dir die Salbe und den Verbandsstoff zum Wechseln. Verbände anlegen gehört doch bestimmt auch schon zum Lehrstoff im ersten Ausbildungsjahr, oder?«

Ich nickte verlegen und folgte ihm aus dem Stall.

»Kopf hoch«, sagte er, bevor er ins Auto stieg und davonfuhr.

Der hatte gut reden. Ich betrachtete die Verbandsstoffe, die der Doc mir in den Arm gedrückt hatte, und spürte, wie ich zu zittern begann. Das ist ganz normal, redete ich mir ein. Die Anspannung fällt langsam von dir ab, deshalb fängst du jetzt an zu zittern. Ganz normal.

Doch das Zittern hörte nicht auf.

Ich hatte die Sachen im Schrank in der Futterküche verstaut, wo wir Medikamente, Salben und dergleichen für die Pferde aufbewahrten, und mich dann in meinem Zimmer verkrochen. Niemand suchte nach mir, niemand rief mich. Sie hatten wohl beschlossen, mich für den Rest des Tages in Ruhe zu lassen. Eigentlich hätte ich sowieso freigehabt – zum Turnier war ich ja auf eigenen Wunsch mitgekommen. Das war besonders bitter.

Hätte ich mein freies Wochenende genutzt, wäre ich vielleicht sogar nach Hause gefahren. Vorausgesetzt, Mama wäre nicht wie in letzter Zeit so häufig mit Manuel bei seiner Mutter gewesen. Dann wäre mir dieses Unglück auch nicht passiert. Vielleicht wäre es sogar gar nicht geschehen!

»Hätte, hätte, Fahrradkette«, trällerte mir Dana ins Ohr und pustete eine Wolke Feenstaub hinterher.

Wie hatte die sich denn jetzt in meine Synapsen geschummelt? Hau ab aus meinem Kopf, Dana, und nimm deinen blöden Feenstaub bloß mit!, fauchte ich sie in Gedanken an.

Ich hockte auf dem Bett, eingewickelt in die Mega-Flauschdecke, die ich von Oma Luise zu Weihnachten bekommen hatte. Und ohne dass ich mich dagegen wehren konnte, fehlten mir plötzlich meine Freundinnen. Na ja, eigentlich fehlte mir nur Selisha. Ich ertappte mich sogar dabei, dass ich mein Smartphone zur Hand nahm und ihre Nummer aufrief. Aber ich schickte nicht einmal eine Gruppennachricht. Wie hätte ich das tun können, nach so langem Schweigen?

Dabei brauchte ich so dringend jemanden zum Reden. Früher war das einfach gewesen. Tja, eigenblöd!, schalt ich mich selbst. Wie hatte ich nur so dämlich sein können, sämtliche Zelte hinter mir abzubrechen?

Mama konnte ich auch nicht anrufen. Sie würde sich zu viele Sorgen um mich machen und womöglich sofort herkommen. Wenn wenigstens Lenchen jetzt hier sein dürfte und ich meine Nase in ihr weiches Fell drücken könnte!, dachte ich.

Der rote Striemen auf meiner Handfläche, der dicke blaue Fleck unter meinem Knie – sie erinnerten mich schmerzhaft an die vermurksten letzten Tage auf dem Pferdehof. Waren das die Blessuren, die man davontrug, wenn man mit dem Kopf durch die Wand wollte? Ich hatte versagt. Mehrfach.

»Jana, der Glückgriff – ha, ha!«, flüsterte ich vor mich hin und schmeckte das Salz einer Träne im Mundwinkel.

Meine Chefs hatte ich derbe enttäuscht, so viel stand schon mal fest. Wenn Herr Angelkotte Morning Sky nun nicht kaufte, war ich nicht unwesentlich schuld daran.

Ich ließ mich rücklings auf die Matratze gleiten und befand mich auf einmal im freien Fall.

Die hohen Schleierwolken, die im Laufe des Tages aufgezogen waren, tauchten die Welt in ein diffuses Licht. Mein Zimmer sah plötzlich ganz trostlos aus. In meinem anfänglichen Eifer, mit dem ich mich auf dem Hof in die Arbeit gestürzt hatte, hatte ich noch keine Bilder aufgehängt. Meine Lavalampe stand noch zu Hause, nicht einmal eine Kerze hätte ich anzünden können. Der Ficus auf der Fensterbank hatte etliche Blätter verloren, weil ich ihn entweder zu viel oder zu wenig gegossen hatte. Und die Tasche, aus der ich vor ein paar Tagen die Regensachen herausgekramt hatte, stand immer noch so da, als würde ich gleich weiter darin herumwühlen.

Nun war ich auf einem Hof voller Tiere und fühlte mich doch vollkommen allein in diesem kargen, unaufgeräumten Zimmer, weil ich nicht einmal eine winzig kleine Katze mit hinaufnehmen durfte!

Eine klitzekleine!

Wussten die denn hier alle nicht, dass Tiere die allerbesten Seelentröster sind, verdammt noch mal?

Ich drehte mich mit dem Gesicht zur Wand, um mein Zimmer nicht mehr sehen zu müssen. Dieses Pensionszimmer, das ja eigentlich gar nicht meins war.

Da klebte sie: die Karte mit Enzos Schnurrhaar und Stefans Glücksworten. Ich streckte meine noch immer zitternde Hand aus, um sie herunterzureißen und wegzuwerfen – bei all dem Glück, das sie mir gebracht hatte.

Pah!

Doch als ich sie dann in der Hand hielt und unter der Fingerkuppe meines Daumens das feste weiße Katzenhaar spürte, da drückte ich mir die Karte an die Brust und stellte mir vor, es sei Enzo.

Ich weiß nicht, wie lange ich so dalag. Mein Magenknurren ignorierte ich erfolgreich. Seit dem Frühstück hatte ich nichts mehr gegessen – aber wie hätte ich etwas herunterbringen können, wenn doch meine Welt gerade in Scherben lag?

Außerdem hatte ich gerade heute nicht einmal mehr einen Schokoriegel oder etwas Obst in meinem Zimmer und um keinen Preis wollte ich hinuntergehen und womöglich Margret oder – noch schlimmer – Schleinhege senior über den Weg laufen. Sie wussten doch alle inzwischen Bescheid über meine Unfähigkeit!

Auf einmal hörte ich, wie ein Auto auf den Hof gefahren kam.

Bestimmt wieder einer von Opa Schleinheges schießwütigen Jagdgesellen!, dachte ich bitter. Oder war Doktor Richter noch einmal zurückbeordert worden?

Die Neugier trieb mich dann doch von meinem Einigel-Lager hoch. Mit einem Zwinkern versuchte ich mir durch den Tränenschleier klare Sicht zu verschaffen. Vorsichtig schob ich die Caféhausgardine zur Seite und spähte aus dem Fenster. Im Hof stand ein kleines Auto. Ein schwarzer Corsa, wenn ich das richtig erkannte, denn es handelte sich um ein altes Modell.

Dann wurde die Fahrertür geöffnet und ein Mann stieg aus. Suchend drehte er sich um.

Kris.

Kris?

»Kris!« Ich schlug mir die Hand vor den Mund, ließ vor Schreck die Gardine fallen und trat einen Schritt zurück.

Um Himmels willen, was wollte er hier? Was sollte ich tun? Mit so einem verheulten Gesicht konnte ich ihm doch nicht gegenübertreten! Aber ich konnte mich auch nicht verstecken. Er würde nach mir fragen und die anderen …

O nein, und da war es auch schon zu spät! Ausgerechnet Schleinhege senior kaum aus dem Büro, um den jungen Mann zu fragen, ob er ihm behilflich sein könne.

Ich hatte keine andere Wahl! Ohne einen Blick in den Spiegel zu werfen, wischte ich mir über die Augen, fuhr mir mit gespreizten Fingern durch die Haare und schlüpfte in meine Crogs. Dann stürzte ich aus dem Zimmer und rannte naseschnäuzenderweise die Treppe hinunter und nach draußen. »Hallo, Kris!«, rief ich so fröhlich, wie ich es nur eben hinkriegte, und stellte dann die blödeste aller Fragen: »Was machst du denn hier?«

»Hey, Jana!« Kris winkte. »Ich musste für meinen Chef was ausliefern, hier in der Nähe. Da dachte ich, ich schau mal, wo du deine Ausbildung machst.«

Herr Schleinhege schaute etwas verwirrt von mir zu Kris und wieder zu mir. »Aha, die Herrschaften kennen sich also bereits«, stellte er fest.

»Ja, Herr Schleinhege, von der Berufsschule«, antwortete

ich, ohne ihn dabei direkt anzuschauen, denn er sollte nicht sehen, dass ich geweint hatte.

»Aha«, brummte er, hob die Hand und verschwand wieder im Büro.

»Ich hoffe, ich störe nicht. Hast du ein bisschen Zeit?« Kris lächelte mich an. Als er näher kam, stutzte er. »Alles in Ordnung mit dir, Jana?« Seine rechte Hand zuckte kurz nach oben, und ich dachte für einen Moment, er wolle mir die Wange streicheln.

»Ja, klar«, antwortete ich. »Das heißt, eigentlich nein … Also …«

»Ich komme wirklich ungelegen«, stellte Kris fest. »Sorry, ich wollte dich nicht überfallen. Aber ich hatte keine Handynummer von dir, und ich wusste ja auch nicht, ob du von diesem Turnier schon wieder zurück bist. Wie war's denn? Erzähl doch mal …«

»Du kommst überhaupt nicht ungelegen«, fiel ich ihm ins Wort. »Gehen wir ein Stück spazieren?«

»Klar, warum nicht«, sagte er und sah sich kurz um. »Musst du dich bei irgendwem abmelden?«

Ich schüttelte den Kopf. »Nein, ich habe jetzt frei.«

Frei. Das klang so, wie es sich gar nicht anfühlte.

»War das gerade der ›Jägermeister‹?«, fragte Kris.

»Jepp.« Ich musste fast gegen meinen Willen lachen.

Gleich hinter den Gebäuden gab es einen Feldweg, der vom Hof in das sanfte Tal hineinführte. Man lief auf einen kleinen Bach zu, an dessen Ufer knorrige Kopfweiden wuchsen, in denen sich ebenfalls die Dohlen tummelten. Hier erstreckten sich zwei von Schleinheges Pferdeweiden. Gerade kam eine kleine Gruppe der Tiere über die Hügelkuppe.

Ich machte eine ausladende Bewegung mit dem Arm. »Das sind die Jährlinge, siehst du?«

Kris blieb stehen und ließ den Blick über die Landschaft schweifen. »Weißt du eigentlich, Jana, dass wir das Glück haben, auf einem ganz besonders schönen Fleckchen Erde zu leben? Du vor allem.«

»O ja, ich hab gerade ganz besonders viel Glück«, spottete ich und kickte ein Grasbüschel beiseite. In Wahrheit kämpfte ich mit den Tränen.

Kris schüttelte den Kopf. »Ich hatte gehofft, eine Jana anzutreffen, die mir ganz begeistert von einem erfolgreichen Turnier erzählt!«

Ich schluckte. »Ich kann dir vom Turnier erzählen – aber die Geschichte dazu ist eine andere.«

Als wir zu der Abzweigung kamen, an der ein öffentlicher Wanderweg unseren Pfad kreuzte, hatte ich ihm alles berichtet. Sogar von der Bratwurst erzählte ich und natürlich von dem Rotmilan. »Und ich hab gedacht, der Vogel bringt Glück«, schloss ich und hielt ihm die linke Hand mit dem roten Striemen hin.

»Allein einen roten Milan in freier Natur beobachten zu dürfen, *ist* Glück, Jana«, sagte Kris.

Ich war verdutzt. So hatte ich es noch nicht betrachtet. Und wenn ich es recht bedachte, dann war ich in dem Moment, als dieser wunderschöne majestätische Vogel über mir seine Kreise gezogen hatte, tatsächlich glücklich gewesen.

»Trotzdem«, antwortete ich und klang dabei vermutlich wie ein eigensinniges Kind. Ich zog mein rechtes Hosenbein hoch und zeigte ihm die Prellung.

»Ups!«, machte Kris. »Was ist das?«

»Da hat Jana, der sogenannte ›Glücksgriff‹, sich großartig beim Longieren einer jungen Stute angestellt«, sagte ich. »Blöder Fehler.«

Jetzt war Kris stehen geblieben und sah mich an. »Du hast einen Fehler gemacht und das Pferd hat dich am Bein erwischt. Ja und?«

Ich wedelte wild mit den Händen durch die Luft. »Ja, und letztens bin ich sogar mal in Ohnmacht gefallen, weil ich mich übernommen hatte. Und dabei ist fast eine Stute ausgebüxt.«

Kris verschränkte die Arme vor der Brust. »Jana, was genau willst du mir eigentlich sagen? Ich meine, ich kann verstehen, dass du von dem Unfall auf dem Turnier geschockt bist. Das wäre ich sicher auch gewesen. Aber *was genau* ist jetzt der Punkt? Dass du immer alles falsch machst? Das klang letztens in der Mensa aber anders. War es nicht so, dass deine Chefs dich sogar gelobt haben?«

Nachdenklich rupfte ich einen Löwenzahn ab und begann, die Blüte auseinanderzuzupfen. »Ja, aber das war, bevor das alles passiert ist.«

Kris schwieg. Er wartete darauf, dass ich weitersprach. Das war mir unangenehm. Lieber hätte ich mich wieder eingeigelt und wäre mit meinen Gedanken allein gewesen.

»Ach, ich weiß nicht«, seufzte ich schließlich und fixierte einen Punkt irgendwo am Horizont. Das half mir, meine Gedanken zu sortieren. »Alles hat hier so toll angefangen. Es fühlte sich richtig *richtig* an. Aber jetzt bin ich irgendwie überfordert. Und dann noch all diese Jäger und Fleischfresser! Ich glaube, das war eine Schnapsidee mit der Ausbildung. Vielleicht höre ich besser auf.«

»Puh.« Kris blies die Backen auf und stieß die Luft aus. »Jana, ich kenne dich noch nicht so gut, aber ich finde, du solltest mal einen Gang zurückschalten. Oder haben deine Chefs gesagt, dass sie enttäuscht sind von dir?«

Ich schüttelte den Kopf. »Eigentlich nicht«, gab ich zu. »Ich bin eher von mir selbst enttäuscht.«

Mir war nicht entgangen, dass Kris gesagt hatte, er kenne mich *noch* nicht so gut. Das schickte eine sanfte Welle durch meinen Körper.

»Du warst aber nicht so naiv zu glauben, dass bei so einer Ausbildung alles immer Friede, Freude, Eierkuchen ist, oder? Eins kann ich dir sagen: Die Chefs sind dazu da, dass sie dich kritisieren, wenn du mal was falsch gemacht hast. Das ist kein Geheimnis.« Er schob die Hände in die Taschen. »Ach Mann, jetzt kling ich schon wie so ein Oberlehrer. Am besten, ich erzähle dir, wie Kris, der Super-Azubi, mal einen ganzen Stapel Holzkisten mit Tomaten voll Karacho mit der Sackkarre um die Ecke gefahren hat, weil er dem Chef zeigen wollte, wie superschnell er arbeiten kann. Und wie wir den ganzen Matsch, den wir danach vom Boden aufgelesen haben, nicht mal mehr als B-Ware verkaufen konnten. Oder wie der schlaue Kris das Schafsgatter nicht richtig zugemacht hat, obwohl der Ausbilder es ihm mehrmals eingeschärft hatte, und die lieben Tierchen plötzlich beim Nachbarhof ihr Unwesen trieben. Zum Glück ist keins vors Auto gerannt.« Er holte tief Luft. »Glaub mir, Jana, solche Fehler macht man nur ein Mal.«

Bei der Vorstellung, wie der coole Kris einen ganzen Haufen Tomaten schrottete, musste ich gegen meinen Willen ein bisschen grinsen.

Kris zwinkerte mir zu. »Heute nennt man mich den Schaf-Flüsterer.«

Ich rang mir ein weiteres Lächeln ab. »Ich weiß ja, es läuft nur gerade alles irgendwie aus der Spur.«

Kris kicherte. »Wenn ich so an die erste Zeit auf dem Hof denke … Was hab ich damals nach Feierabend mit meinen Freunden gequatscht und mich bei denen ausgekotzt, wenn's mal nicht lief. Du hängst doch bestimmt auch jeden Abend am Handy und …«

Ich schüttelte den Kopf.

»Wie jetzt?«, fragte Kris.

»Nein, ich hänge nicht den ganzen Abend am Handy. Meine Freunde …« Ich hatte keinen blassen Schimmer, wie ich Kris das erklären sollte. Ob ich es überhaupt erklären *konnte.* »Na ja, wie soll ich das sagen? Die sind mir in letzter Zeit ziemlich auf den Keks gegangen. Das war auch ein Grund, warum ich hergekommen bin. Ziemlich spontan.«

In dem Moment machte in meinem Kopf jedoch etwas klick. Denn wenn ich ganz, ganz ehrlich zu mir selbst war, dann war genau das eingetreten, wovor meine Mutter mich gewarnt hatte: Ich hatte vorschnell eine Entscheidung getroffen, die ich nun bereute.

»Verstehe«, sagte Kris. Er warf mir einen langen Blick zu, bohrte aber netterweise nicht nach.

Langsam gingen wir weiter. »Hör mal, wegen der Sache mit dem Fleischessen.« Er kramte einen Zettel aus der Gesäßtasche seiner Jeans und gab ihn mir. »Das ist auch ein Grund, warum ich vorbeigekommen bin.«

Ich faltete den Zettel auseinander und las drei Anschriften samt Mailadressen. Zwei waren Privatadressen, die dritte kannte ich. Es war die vom Gasthof Schürmann und der lag gar nicht so weit von hier weg.

»Ich kann deine Wut und Verzweiflung wirklich nachvollziehen«, fuhr Kris fort. »Im Grunde geht es mir genauso. Das Gefühl, nichts zu tun, ist das schlimmste. Also, das Gefühl, alles auf einmal zu wollen und dabei nicht von der Stelle zu kommen. Aber wie ich dir in der Mensa schon gesagt habe, du kannst die Welt nicht allein umkrempeln, du kannst nur schauen, wo dein Weg in dem ganzen Schlamassel dich langführt. Glaub mir, ich kenne das auch. Was meinst du, warum ich die Ausbildung in der ökologischen Landwirtschaft mache? Aber nur, weil wir beide uns mit dem Thema auseinandergesetzt und entschieden haben, kein Fleisch mehr zu essen, haben alle anderen ja nicht plötzlich auch diese Einsicht. Mit 'nem Fingerschnippen klappt das leider nicht.«

Er dachte einen Moment nach und sagte dann: »Außerdem darfst du nicht den Fehler machen und die Landwirte allein für diese Misere verantwortlich machen. Der Teufel steckt im ganzen System. Die Lebensmittelkonzerne zahlen den Bauern einen Hungerlohn für Fleisch und Milch und die Tiere müssen es ausbaden. Vielen Landwirten geht es tatsächlich ziemlich schlecht. Auf der anderen Seite gibt es inzwischen auch Schweinemäster, die wenigstens ein bisschen was dafür tun, dass es den Tieren besser geht.«

»Dann muss etwas an dem System geändert werden«, sagte ich mit Nachdruck.

Kris nickte. »Da hast du recht – und Glück.«

»Aha«, machte ich. »Und was für ein großartiges Glück soll das jetzt schon wieder sein?«

Er wies mit dem Kinn auf den Zettel in meiner Hand. »Das da. In Nottuln gibt es eine sehr aktive Bürgerinitiative, die sich gegen Massentierhaltung engagiert. Die machen Aufklärungskampagnen, stellen Anträge an den Gemeinderat und haben auch schon mal gegen einen Stallbau geklagt. Du hast sogar doppelt Glück, denn die treffen sich einmal im Monat hier in der Nähe in einem Gasthof.«

»Gasthof Schürmann, ja, den kenne ich«, erwiderte ich nachdenklich.

Mir wurde schlagartig bewusst, wie viel mehr Lebenserfahrung Kris im Gegensatz zu mir hatte. Er packte die Dinge an. Was er sagte, wirkte reflektiert. Erwachsener einfach. Und trotzdem schüchterte mich das nicht ein.

»Das andere sind die Kontaktdaten von den beiden Sprechern der Initiative«, erklärte er. »Vielleicht rufst du die einfach mal an oder schickst denen eine Mail.« Er zeigte noch mal auf den Zettel, den ich schon wieder zusammengefaltet hatte. »Ich glaube, da bist du bei den richtigen Leuten. Es ist doch immer gut, Gleichgesinnte an seiner Seite zu haben.«

Dass ich an so etwas noch gar nicht gedacht hatte! »Klar, das mache ich.« Ich schob den Zettel in die Tasche meiner Kapuzenjacke. »Danke!«

Ganz plötzlich breitete sich ein warmes, angenehmes Gefühl in mir aus. In Kris hatte ich den Gesprächspartner gefunden, den ich in den letzten Wochen so schmerzlich vermisst hatte. Wie gut, dass wir uns in der Mensa wiedergetroffen hatten!

Da kam mir etwas in den Sinn. »Jetzt haben wir die ganze Zeit über mich geredet«, sagte ich beschämt. »Wie ist denn eigentlich dein Test gelaufen?«

»Test?« Wieder zog Kris eine Augenbraue hoch.

»Ja, in der Mensa hast du mir doch gesagt, dass du einen Test schreibst. Schon vergessen?«

»Ach, *der* Test!« Kris lachte. »Außer dass ich etwas zu spät gekommen bin und mir deshalb einen Rüffel eingefangen habe, war der pillepalle.«

Irgendetwas schien die Dohlen in den Kopfweiden erschreckt zu haben: Aufgeregt flatterten sie auf und erfüllten die Luft mit ihrem lauten Kreischen, das immer so klang, als wollten sie sich über etwas beschweren.

Auch Kris hatte es bemerkt. Er grinste breit. »Da ist ja der Übeltäter.«

Jetzt sah ich ihn auch: Eine der Hofkatzen sprang aus dem uns am nächsten stehenden Baum ins hohe Gras, in dem sie fast verschwand. Nur die Schwanzspitze war noch zu sehen.

Auf die Entfernung konnte ich nicht erkennen, ob es Lenchen war.

Ich seufzte. »Das ist auch so eine doofe Sache hier auf dem Hof. Das mit den Katzen.«

»Das mit den Katzen?« Kris wollte eine Erklärung. »Hast du was gegen Katzen?«

»Ach, nein, ganz im Gegenteil!«, rief ich und schüttelte energisch den Kopf. »Aber sie dürfen nicht ins Haus. Meine Lieblingskatze, Lenchen, hab ich mal mit in mein Zimmer genommen. Die Haushälterin hat mich erwischt und ziemlich rumgemeckert deswegen.«

»Okay.« Kris machte ein ernstes Gesicht. »Eine kleine Katze mit ins Zimmer zu nehmen, das ist natürlich so mit das schlimmste Verbrechen, das man begehen kann.« Dann prustete er los. Ich konnte nicht anders, als mitzulachen, bis mir der Bauch wehtat.

»Hm, Jana, gibt es eigentlich auch noch was Positives über diesen Pferdehof zu berichten?«, fragte Kris, als wir wieder zu Atem gekommen waren.

»Aber ja, eine ganze Menge sogar!« Ich fasste ihn am Oberarm und zog ihn mit mir Richtung Hof zurück. »Komm, jetzt gibt es für dich eine Exklusivführung.«

Später am Abend. Nachricht von Mama:

Hey, mein Schatz, gute Neuigkeiten!
Wir haben für Manuels Mutter einen Platz in einem schönen Heim gefunden. Sankt-Katharinen-Stift in der

Nähe von Emsbüren. Dann hat die ewige Fahrerei für Manuel ein Ende. Oma Luise fragt nach dir. Ich hab ihr gesagt, dass du dich so selten meldest, sei ein gutes Zeichen dafür, dass du dich bei den Zossen sauwohl fühlst.

Küsschen von deiner Mama

Die geheimnisvolle Stute

»So, so, du hattest also heute Herrenbesuch, wie ich von meinem Vater erfahren habe«, sagte Frau Schleinhege beim Abendessen und zwinkerte mir zu.

Das Zusammensein mit Kris hatte mich wieder ein Stück weit auf den Boden zurückgeholt, sodass ich mich einigermaßen entspannt am Esstisch eingefunden hatte.

Schleinhege senior saß mir gegenüber und löffelte seine Suppe, ohne aufzublicken.

»Ja, Kris hat mich heute besucht«, erzählte ich. »Den kenne ich von der Berufsschule. Er macht eine Ausbildung zum Landwirt auf einem Biohof in der Nähe von Alten… Wie heißt das noch mal?«

»Altenberge«, sagte die Chefin. »Ja, da gibt es so einen Genossenschaftsbetrieb.«

Jetzt wurde Schleinhege senior hellhörig. »Auf einem Biohof? Dann hat der dir wohl diese Flausen in den Kopf gesetzt, von wegen kein Fleisch essen, wie?«

Mitten im Kauen hielt ich inne und überlegte, wie ich auf diese Bemerkung reagieren sollte. Was ich am liebsten gesagt hätte, wusste ich: Ich hätte ihm gern gesagt, dass er meine Entscheidung – oder Flausen, wie er es nannte – respektieren solle, und hätte ihn gefragt, was ihn so sicher mache, dass nicht einst vor dem Himmelstor Kaninchen und Rehe über ihn Gericht halten würden. Doch ich rief mir Kris' Worte in Erinnerung: *Du kannst nur schauen, wo dein Weg in dem ganzen Schlamassel dich langführt … Lass dich von niemandem zu etwas zwingen, was dein Seelenheil gefährdet …*

Meine Antwort an Herrn Schleinhege fiel daher ziemlich schlicht aus: »Nein.«

Ich wollte mit dem alten Herrn nicht über das Thema diskutieren. Es wäre vergebene Liebesmüh gewesen. Außerdem war ich froh, dass er die Sache mit den Kaninchen einfach auf sich hatte beruhen lassen.

»Und dieser Kris, kommt der jetzt öfter?«, fragte die Chefin. »Er hat ein Auto, oder?«

Große Güte! Spielte Frau Schleinhege jetzt die besorgte Mutter?

»Ja, er hat ein Auto. Er ist ja schon im dritten Lehrjahr«, erzählte ich dennoch bereitwillig. Kooperation war angesagt. Ich hoffte nur, dass Frau Schleinhege sich in dieser Beziehung nicht als konservative Spießerin entpuppte. »Aber ich kenne ihn erst seit Kurzem.«

»Na, vielleicht lernen wir den jungen Mann dann ja auch mal kennen«, sagte sie und setzte ihre Mahlzeit fort.

Ich nickte. »Ja klar, warum nicht?«

Eine ganze Weile aßen wir schweigend weiter. Eine gewisse Spannung lag in der Luft. Aber ich konnte nicht einordnen, ob das noch mit dem Unfall auf dem Turnier zu tun hatte oder mit etwas anderem.

Dann sagte Frau Schleinhege auf einmal: »Jana, ich muss noch über eine Sache mit dir reden.«

Fast hätte ich mich verschluckt. Was kam jetzt? Wollte sie mir etwa wegen Kris ins Gewissen reden? Oder, noch schlimmer: Bekam ich jetzt doch eine Abmahnung?

»Wir gehen nach dem Essen mal ins Büro rüber, ja?«

Ich nickte ergeben.

Ein Gespräch unter vier Augen also. Das klang einigermaßen dramatisch.

Der Rest der Mahlzeit rutschte mir ziemlich quer durch den Hals. Auf einmal war das Zittern wieder da. Ich verfluchte es, denn es machte, dass ich mich richtig kraftlos fühlte. Auf wackeligen Beinen folgte ich Frau Schleinhege nach dem Essen und hatte keine Ahnung, wie ich das, was nun unweigerlich kommen würde, überstehen sollte.

Plötzlich blieb Frau Schleinhege stehen. »Ach, Quatsch, wir gehen direkt zum Stall rüber. Dann können wir auch gleich noch mal nach Morning Sky gucken.«

Das verwirrte mich jetzt. »Hoffentlich hat er den Verband in Ruhe gelassen«, erwiderte ich, um irgendwas zu sagen und meine Nervosität zu überspielen.

Während wir den Hof überquerten, meinte Frau Schleinhege so ganz vertraulich: »Hör mal, Jana, mein Vater ist in vielen Dingen ziemlich altmodisch. Das hast du ja gemerkt.

Deshalb hat er den Besuch von diesem Kris auch sofort gepetzt. Ich hoffe, du hast nicht das Gefühl, dass wir dir hinterherspionieren oder dich bevormunden wollen.«

Das klang nicht nach der Einleitung zu einer Abmahnung.

»Ich verstehe schon«, murmelte ich. »Bisher habe ich einfach noch nicht so viele Leute kennengelernt. Ines, die neben mir sitzt, ist ganz nett. Ja, und Kris halt. Der ist … Also, der ist super. Der hat so eine lustige Lücke zwischen den Schneidezähnen und kann eine einzelne Augenbraue …«

Du lieber Himmel! Was war denn in mich gefahren, dass ich plötzlich drauflosplapperte, als sei Frau Schleinhege meine beste Freundin!

Meine Chefin hielt mir die Stalltür auf und fing herzlich an zu lachen. Hatte ich mich jetzt blamiert?

»Jana, kann es sein, dass du verliebt bist?«, rief sie.

Mein Gesicht glühte plötzlich wie Grillkohle. »Ich … Wie gesagt, ich kenne ihn ja noch gar nicht richtig …« Ich zuckte mit den Schultern. »Er ist halt nett.«

Die Chefin kicherte wie ein junges Mädchen. »Sorry, Jana, ich bin einfach ein schrecklich neugieriger Mensch!«

Eins musste ich mir aber tatsächlich selbst eingestehen: Ich fühlte mich in Kris' Gegenwart sehr wohl und mochte die Art, wie er redete. Wie er *mit mir* redete.

Doch jetzt wollte ich vor allem eins, nämlich das Thema wechseln. Ich betrat den Stall, wo mir der würzige Geruch entgegenschlug, den ich so sehr liebte. Pferdegeruch, Heugeruch, Strohgeruch, ja, selbst den mehligen Geruch des Kraftfutters mochte ich.

»Hey, du bist ja ein richtig braver Junge gewesen«, lobte Frau Schleinhege den jungen Wallach, als wir schließlich vor Morning Skys Box standen. Der Verband saß perfekt. »Ein gutes Zeichen«, sagte die Chefin. »Dann tut es ihm wohl nicht weh. Aber wenn die Wunde langsam verheilt, kann sie anfangen zu jucken. Na, wir werden sehen. Auf jeden Fall kannst du Gisbert gleich morgen beim Verbandwechsel assistieren.«

Kam jetzt also doch keine Abmahnung?

Einen Moment lang standen wir da und betrachteten den Wallach, der sich gerade ein paar Halme aus der Heuraufe gezupft hatte, die ihm nun wie kleine Stacheln aus dem Maul ragten.

Dann nahm ich meinen Mut zusammen. »Sie wollten etwas mit mir besprechen?«

Frau Schleinhege zuckte leicht zusammen. Offenbar hatte ich sie aus ihren Gedanken gerissen. »Ja«, sagte sie. »Ja, ja. Komm mal mit.«

Und dann führte sie mich zu Lovisa, öffnete die Tür und schob mich vor sich her in die Box der alten Stute.

Lovisa näherte sich ihrer Besitzerin augenblicklich und begrüßte sie, indem sie Frau Schleinhege mit ihrem weichen, inzwischen grauen Maul sanft an der Schulter berührte.

Ich muss zugeben, dass ich ein wenig eifersüchtig wurde. Schließlich spürte ich diese magische Aura der Stute ebenso.

»Jana, ich möchte mich zunächst bei dir entschuldigen«, sagte Frau Schleinhege unvermittelt.

»Aber …« Die ganze Situation verwirrte mich.

»Ich habe heute Nachmittag vollkommen überreagiert«, erklärte meine Chefin freimütig. »Gisbert hat recht, du hast nichts falsch gemacht. Dich trifft keine Schuld. Ich war einfach nur wütend, dass dieser Unfall passiert ist und dass es ausgerechnet unseren Wallach getroffen hat, so kurz vor einem möglichen Verkauf. Und natürlich habe ich gemerkt, dass dich das aufgewühlt hat.«

Ich trat einen Schritt näher. »Schon in Ordnung.«

Das also wollte sie loswerden. Unter vier Augen. Ich dachte: Sie ist doch eine tolle Chefin, die Frau Schleinhege!

Aber dann kam noch etwas, das mir schier den Atem verschlug.

»Das war es eigentlich gar nicht, weshalb ich mit dir reden wollte«, fuhr sie fort. »Ich möchte dich um etwas bitten. Dazu muss ich allerdings etwas ausholen.«

Ich stellte mich bequem hin und verschränkte die Arme hinterm Rücken als Zeichen, dass ich aufmerksam zuhören würde.

»Du hast ja schon mitbekommen, dass mich mit Lovisa etwas Besonderes verbindet«, sagte Frau Schleinhege und kraulte die Stute sanft zwischen den Ohren. »Lovisa ist keine wertvolle Zuchtstute und sie hat auch keine aufsehenerregende Abstammung. Sie ist dennoch das kostbarste Tier für mich im Stall. Mir ist nicht entgangen, dass du Lovisas Ausstrahlung ebenso spürst. Sie hat etwas, das man nicht in Worte fassen, sondern nur empfinden kann.«

Ich senkte den Blick und nickte.

»Nun, dazu musst du wissen, dass mir beim Umgang mit

den Pferden im Gegensatz zu dir durchaus schon Fehler unterlaufen sind – vor allem als ich noch eine junge Frau war. Einer dieser Fehler hätte mich fast das Leben gekostet.«

Erschrocken blickte ich auf. Das hatte ich natürlich nicht geahnt. Und offensichtlich wussten auch Jaroslaw, Monika und Ellen nichts davon.

»Ja, und wenn Lovisa nicht gewesen wäre …« Frau Schleinhege ließ ihre Hand am Hals der Stute entlanggleiten. Sie hatte wohl die Bilder der vergangenen Geschehnisse vor ihrem inneren Auge. »Wir hatten damals einen jungen Hengst auf dem Hof. Ein sehr wertvolles Tier, Ramses hieß er. Mein Vater hatte mich gewarnt, der temperamentvolle Bursche sei nicht ohne. Wir hatten gerade erst damit angefangen, ihn einzureiten. Longieren, Sattel auflegen, das alles machte er schon ganz prima mit. Jedenfalls war ich zu ungeduldig. Ich *wollte* unbedingt auf seinen Rücken. Und ich *wollte* meinem Vater beweisen, dass ich in der Lage war, dieses Tier zu handhaben. Eines Tages war ich allein auf dem Hof und ich holte Ramses auf die hintere Weide, legte ihm den Sattel auf und schwang mich hinauf. Obwohl ich wusste, dass es grob fahrlässig war, weil keine zweite Person dabei war. Du kannst dir vielleicht vorstellen, was für ein triumphales Gefühl das war, als der Hengst mich tatsächlich auf seinem Rücken duldete und eine Runde über die Weide trug. Das ließ mich leichtsinnig werden. Ich probierte dies und das, doch auf einmal, als hätte jemand einen Schalter umgelegt, wurde dem Hengst wohl bewusst, dass er mich ganz und gar nicht auf seinem Rücken tragen wollte. Er bockte so wild, dass ich im hohen Bogen aus dem Sattel geschleudert wurde. Zu allem Unglück schlug ich mit dem Kopf direkt auf einen der Zaunpfähle. Meine Reitkappe wurde mir dabei vom Kopf gerissen. Bewusstlos blieb ich mit zertrümmertem Schädel und einer klaffenden, stark blutenden Wunde liegen.« Ein mildes Lächeln legte sich auf ihr Gesicht. Nun ruhten ihre beiden Hände auf Lovisas Hals, die mit halb geschlossenen Augen dastand und die Liebkosungen genoss. »Lovisa, die auf der anderen Seite des Zauns auf der Nachbarweide war, kam herbei und blieb die ganze Zeit bei mir stehen. Aber – und das klingt jetzt wie aus einem Kitschfilm, und du wirst vielleicht sagen, so etwas gibt es nicht in der Realität – als sie merkte, dass mein Vater auf den Hof zurückgekehrt war, galoppierte sie zum anderen Ende, dorthin, wo er sie gut sehen konnte. Sie machte so lange Theater, bis er ihr über die Weide folgte. Sie hat ihn direkt zu mir geführt. Und das keine Minute zu früh. Hätte ich noch etwas länger dort gelegen, hätte ich den Unfall nicht überlebt.«

Ich war völlig perplex. Dass meine Chefin so offen mit mir sprach und mir dieses Geheimnis anvertraute, überwältigte mich. Eine wahre Achterbahnfahrt war das, nach allem, was ich vorher befürchtet hatte. Nun war mir klar, warum eine so enge Bindung zwischen dieser Frau und ihrem Pferd bestand. Lovisa hatte Frau Schleinhege das Leben gerettet! Mein Herz schlug wie eine Trommel, so sehr berührte mich die Geschichte.

Frau Schleinhege löste die Hände von ihrer Stute und sah mich an. »Jetzt komme ich zu meinem eigentlichen Anliegen, also, warum ich mit dir reden wollte. Ich habe nämlich eine Bitte.«

»Ja?« Dieser Moment war so emotional – ich hätte meiner Chefin jeden Wunsch erfüllt.

Doch was dann kam, übertraf all meine Erwartungen.

»Jana, ich bin in der nächsten Woche einige Tage nicht da«, sagte Frau Schleinhege. »Lovisa muss trotzdem bewegt werden. Du weißt, dass das auch für alte Pferde besonders wichtig ist. Ich möchte dich bitten, das zu übernehmen.«

Jetzt war ich vollkommen platt! »Sie meinen, ich soll sie reiten?«

»Füttern und reiten, ja.« Frau Schleinhege neigte den Kopf leicht zur Seite. »Also, nur wenn du magst. Ich weiß, Ausritte mit der alten Dame sind nichts Spektakuläres. Gemächliche kleine Runden halt.«

»Klar mag ich!«, hätte ich am liebsten gerufen. Aber ich wollte nicht zu euphorisch klingen. Auch wenn mich dieser Vertrauensbeweis im Innersten so sehr berührte, dass ich hätte tanzen und jubeln mögen.

Ich trat ganz nah an die alte Stute heran, ließ sie Feenstaub in meine Handfläche blasen und flüsterte: »Ja, das möchte ich sehr gern.«

Meine Chefin legte mir die Hand auf die Schulter. »Das hatte ich gehofft. Dann komm mit, ich zeige dir, wie ich welches Futter für sie zubereite.«

Endlich war ich wirklich richtig angekommen. Die Tage, in denen ich für Lovisa die Verantwortung trug, zählten zu den schönsten und intensivsten meines Lebens. Ich fühlte mich dieser Stute so nah, und es war mir in ihrer Gegenwart immer, als flösse eine geheime Energie.

Ohne mir etwas darauf einzubilden, dass mir die Chefin diese Aufgabe übertragen, nein, anvertraut hatte, war ich auch Gisbert gegenüber selbstbewusster geworden. Er kommentierte die Situation zunächst mit keiner Silbe, aber ich sah ihm an, dass er es gern selbst getan hätte. Nur ein einziges Mal ließ er sich zu der Bemerkung hinreißen, es ergebe ja Sinn, ein Leichtgewicht wie mich auf den Rücken der alten Stute zu setzen.

Monika und Ellen gaben mir zu verstehen, ich könne mich jederzeit an sie wenden, wenn ich wegen Lovisa Fragen hätte. Aber etwas in meinem Inneren sagte mir, dass es nichts gab, was die beiden in Bezug auf die geheimnisvolle Stute hätten besser wissen können, als ich es tat.

Nur Jaroslaw hatte verstanden, worum es ging. Er schenkte mir ein Lächeln und schwieg.

Zu meinem allergrößten Glück meinte es das Wetter gut mit uns. Die Spätsommersonne hatte noch so viel Kraft, dass ich jeden Tag nach Feierabend zu einer gemütlichen Tour mit Lovisa aufbrechen konnte. In keinem anderen Moment kam ich besser zur Ruhe. Manchmal saß ich einfach ab, führte die Stute durch das Tal und ein Stück über den Wanderweg und erzählte ihr dabei aus meinem Leben. Ich war glücklich. Und ich fand zu der Überzeugung zurück, dass es richtig *richtig* war, was ich hier tat.

Eines Abends, dichte Schwärme von winzigen Mücken

tanzten im Licht der untergehenden Sonne, spürte ich diese Nähe zwischen Lovisa und mir besonders. Nein, natürlich kam ich niemals auf die Idee, sie mit einem anderen Pferd zu vergleichen, auf dem ich je geritten war. Schon gar nicht mit Djego. Das hier, das war etwas vollkommen anderes!

Ich ritt ohne Sattel und genoss die ruhigen, sanften Bewegungen. Es wäre mir gar nicht in den Sinn gekommen, dass mir jetzt ein kleiner Galopp Spaß machen würde. Auf Lovisa zu reiten, war wie eine Art Meditation. An diesem Abend wurde mir bewusst: Die weise alte Stute bewirkte, dass ich meine Umwelt ganz anders wahrnahm. Nein – falsch, ich nahm nicht meine Umwelt anders wahr. Ich nahm *mich* anders wahr. Meine Sinne waren auf eine Weise geschärft, wie ich es noch nie zuvor erlebt hatte.

Auf dem letzten Stück zum Hof saß ich ab und führte Lovisa zurück. Wir gingen langsam, unsere beiden Köpfe dicht nebeneinander. Wie zwei gute Freundinnen. Seelenverwandte nannte man das wohl. Mir wurde bewusst, dass es die Verbundenheit mit dieser Stute und die Gespräche mit Kris waren, die mir halfen, ein paar Dinge so hinzunehmen, wie sie waren. Mit einer Gelassenheit, die ich so von mir noch nicht kannte. Und damit meine ich vor allem die Sache mit den Katzen.

Es gab nun mal eine Regel, die auf diesem Hof galt. Und die Katzen litten ganz sicher nicht darunter! Sie wurden geduldet und mitversorgt. Was ich aber bald mit der Chefin besprechen wollte, war, dass die Katzen kastriert werden mussten, damit sie sich nicht unkontrolliert weitervermehrten. Das war eine Aufgabe für mich, in diesem Punkt etwas zu bewegen, auch wenn es nicht zur Ausbildung gehörte.

»Danke, Lovisa«, flüsterte ich der Stute zu, bevor wir zwischen den Stallungen hindurch auf den Hof traten. Gleich hieß es wieder Abschied nehmen für die Nacht. Doch heute war ich voller Euphorie, fühlte mich leicht und beschwingt.

Am Anbindebalken ließ ich mir viel Zeit mit dem Putzen von Lovisa. Leise summte ich ein Lied vor mich hin.

»Da bist du ja mit deiner Zauberstute«, sagte plötzlich eine Stimme hinter mir.

Erschrocken fuhr ich herum und sah mich einer Zahnlücke gegenüber. Meiner Lieblingszahnlücke.

»Kris! Hast du mir einen Schrecken eingejagt!«

Kris grinste. »Ich gebe zu, das war meine Absicht. Du guckst immer so süß, wenn du überrascht bist.«

Ich boxte ihm gegen die Schulter. Und wurde mal wieder schrecklich rot. So, so, ich guckte dann also so süß!

Kris hatte mich in letzter Zeit häufiger besucht, hatte mir schöne Orte in der Gegend gezeigt oder war mit mir Eis essen gegangen. Einmal hatte er mich abgeholt und über den Biohof geführt, auf dem er arbeitete. Wie anders ging man dort mit den Tieren um als bei Bauer Schulze-Fasthoff! Es tat so gut mitzuerleben, dass es auch Nutztiere gab, die respektvoll, ja, liebevoll behandelt wurden.

Respekt. Das war es, wofür ich mich einsetzen wollte, jetzt, da ich meinen Platz gefunden hatte. Respekt gegenüber Tieren, Respekt gegenüber meiner Einstellung. Mehr wollte ich gar nicht. Erst mal.

Kris legte die Hand auf Lovisas Kruppe. »Sie ist wirklich ein ganz besonderes Tier«, sagte er. Und sagte es nicht nur, sondern meinte es auch, das spürte ich. »Ich will dich nicht von ihr weglocken. Aber ich wollte dich fragen, ob ich dich auf eine vegetarische Pommes einladen darf.«

Ich lachte. »Alles gut. Ich wollte Lovisa eh jetzt in den Stall bringen. Und Pommes kommen mir wie gerufen. Ich habe nämlich gerade das Abendessen verpasst.«

Die Imbissbude in Nottuln verströmte den Charme der Achtzigerjahre. Vermutlich war seit dieser Zeit auch nicht mehr renoviert worden. Auf der Leuchtreklame über dem Eingang stand »Heini's Grillstube«. Wir schmunzelten beide über den falschen Gebrauch des Apostrophs. Auf den hässlichen Plastikblumen, mit denen die Tische dekoriert waren, klebte eine fettige Staubschicht. Aber die Pommes schmeckten hervorragend. Und zu unserer Überraschung gab es sogar einen vegetarischen Burger, auf dem ein knuspriger Gemüsebratling lag. Wir teilten uns einen zum Probieren.

»Lecker, das Teil!« Kris wischte sich einen Mayoklecks aus dem Mundwinkel. »Und? Hast du schon Kontakt zur Bürger-Ini aufgenommen?«

Ich nickte. »Ja, ich war auch schon bei einer Versammlung. Gisbert hat sich sogar dazu herabgelassen, mich hinzufahren und wieder abzuholen, weil Schleinheges es zu gefährlich fanden, dass ich abends allein mit dem Rad zum Gasthof fahre.«

Kris lächelte mich an. »Recht haben sie.«

»Wenn ich erst mal den Treckerführerschein habe, kann ich ja mit dem Traktor hinfahren«, witzelte ich.

Jetzt lachte Kris. »Im Ernst. Das ist eine gute Idee!«

Ich dachte kurz an den Abend zurück. Mit ein paar Mitgliedern der Initiative hatte ich interessante Gespräche geführt. Ich fühlte mich dort gut aufgehoben und verstanden. Sie waren eine Gruppe von Gleichgesinnten. Dabei wusste ich, dass ich noch ein dickes Fell würde haben müssen, denn nicht nur Schleinhege senior, sondern auch Margret begleitete mein Engagement gegen Massentierhaltung mit Naserümpfen der ausgeprägten Art.

Eine Weile aßen wir schweigend unsere Pommes.

Dann fragte Kris: »Fährst du eigentlich in den Herbstferien nach Hause? Ist ja nicht mehr so lange bis dahin.«

Ich nickte. »Ja. Ein bisschen Bammel habe ich. Es wird nicht einfach … Also, wenn mir meine Freunde über den Weg laufen sollten. Da war so lange Funkstille zwischen uns.«

Plötzlich lächelte Kris verschmitzt. Er griff sich mit beiden Händen in den Nacken und löste das Lederband mit dem Anhänger, den er immer um den Hals trug. Es war ein Amulett. Ich hatte ihn nie danach gefragt, was das für ein Schmuckstück war.

Jetzt legte er das Band zusammen, drückte mir das Amulett in die Hand und schloss meine Finger darum. »Dann sollst du das haben«, sagte er. »Es wird dich beschützen und dir Glück bringen.«

Ich war wie vom Donner gerührt. Mein Herz klopfte wild. Vorsichtig öffnete ich die Hand und betrachtete den Anhänger. »Für mich?« Ich schluckte. »Wirklich? Was ist das denn eigentlich?«

»Das ist Mourie«, erklärte Kris.

»Mourie?«

»Mein Sternzeichen«, sagte er. »Und auch deins. Ist mir klar geworden, als du mir letztens gesagt hast, wann du Geburtstag hast.«

»Ähm, ich dachte eigentlich, mein Sternzeichen sei Jungfrau«, erwiderte ich.

»Es ist keltisch«, sagte Kris. »Mein keltisches Sternzeichen. *Unser* keltisches Sternzeichen.«

»Mourie«, wiederholte ich leise. »Nie gehört. Aber es klingt schön.« Ich betrachtete den runden silberfarbenen Anhänger. Ein Baum war darauf abgebildet, der sich mit starken Wurzeln kräftig in der Erde festhielt und seine Krone stolz in den Himmel streckte.

»Zu diesen Zeiten Geborene haben heilende Fähigkeiten und einen starken Bezug zur Natur – das ist die Bedeutung von Mourie«, erklärte Kris. »Das Amulett symbolisiert den Baum der Heilung. Es gab einen Kult, der auf den schottischen Maelrubba zurückging. Die Heiden haben ihn als Gottheit angesehen. Sie glaubten an heilbringendes Wasser und haben die Bäume verehrt. Daher der Bezug zur Natur. Mourie.«

Ich umschloss ihn mit meinen Fingern. Das Metall war warm von Kris' Haut. »Zu diesen Zeiten Geborene haben heilende Fähigkeiten und einen starken Bezug zur Natur«, wiederholte ich leise, um es nicht zu vergessen.

Kris lächelte mich an. Seine Lippen gaben den Blick auf die kleine Lücke zwischen seinen Schneidezähnen frei. »Ich hab es auf einem Hippiemarkt auf Ibiza gekauft. Wie gesagt, es soll einen beschützen und Glück bringen. Ich bin mir sicher, wenn ich es dir schenke, dann bringt es noch mehr Glück.«

»Danke!«, flüsterte ich. »Das wird es. Ganz bestimmt.« Ich hielt das Amulett mit der linken Hand umschlossen, während ich mit der rechten weiteraß.

Als wir zum Auto zurückgingen, hielt ich ihm die Kette hin. »Hilfst du mir?«

Er stellte sich hinter mich, legte mir das Lederband um den Hals und schloss den kleinen Haken in meinem Nacken. Es kitzelte. Ich hielt die Luft an.

Und da drückte er mir einen sanften Kuss in die Halsbeuge.

Ich schloss die Augen und war einfach nur unfassbar glücklich.

Teil 3

Ankommen

Heimkehr

»Und? Stinkt sie noch?«, fragte ich.

»Wer stinkt?« Mein Patenonkel sah mich kurz verwirrt an, dann richtete er den Blick wieder auf die Straße.

Wieder war es an ihm gewesen, den Chauffeur zu spielen. Mama hatte einen wichtigen Termin im Planungsbüro und Manuel war bei seiner Mutter. Aber Stefan hatte versichert, es sei ihm eine große Ehre, seine Lieblingspatennichte zu ihrem ersten Heimaturlaub nach Hause zu holen.

»Na, deine Isomatte!«, erinnerte ich ihn. »Die hat doch so nach Kellermuff gestunken.«

»Ach die!« Stefan ließ die rechte Hand aufs Lenkrad klatschen. »Ich schätze, sie stinkt jetzt nach diesem komischen Textilerfrischer, was auch nicht besser ist. Ich hab da ungefähr eine halbe Flasche draufgesprüht.«

»Ha, ha, eigenblöd!«, rief ich und lachte albern. Verdammt, war ich aufgeregt – dabei fuhr ich doch *nach Hause*!

»Na? Aufgeregt?«, fragte Stefan.

Konnte er plötzlich etwa Gedanken lesen? Ich brummte ein unverbindliches »Hm« und tastete mit der Hand nach dem Amulett, das ich nicht mehr abgenommen hatte, seit Kris es mir um den Hals gelegt hatte.

Stefan war es nicht entgangen. »Was hast du denn da?«

Ertappt.

»Mourie«, sagte ich. Bei dem Gedanken an Kris durchströmte eine wohlige Wärme meinen Körper. Seine Worte klangen mir immer wieder in den Ohren und ich wiederholte sie für mich wie ein Mantra.

Zu diesen Zeiten Geborene haben heilende Fähigkeiten und einen starken Bezug zur Natur.

»Hey, träumst du?«, riss Stefan mich aus meinen Gedanken. »Wo hast du das denn her? Oder ist die Frage zu … indiskret?«

Wieder ertappt!

»Das? Äh … Ja, also, das ist ein keltisches Amulett. Das habe ich mir in Münster gekauft … Bei so einem Straßenfest. Mourie ist quasi mein keltisches Sternzeichen.«

Ich hatte meinen Patenonkel glatt angelogen! Warum? Warum konnte ich nicht erzählen, dass ich es von einem wunderbaren Jungen geschenkt bekommen hatte, den ich sehr gern mochte?

Doch ich wusste, warum.

Weil das erst mal mein Geheimnis bleiben sollte. Denn es fühlte sich sehr kostbar an, dieses Geheimnis. Es musste gehütet werden. Als mir das klar wurde, konnte ich mir meine Lüge getrost verzeihen.

»Und dein Sternzeichen, Mourie, hat das auch eine Bedeutung?«, wollte Stefan wissen.

»Ähm, ja … es bedeutet, dass ich keine Stöckelschuhtussi bin.«

Stefan lachte laut. »Wie wahr, wie wahr!«

Je näher wir meinem Heimatort kamen, desto aufgeregter wurde ich. Meine Handflächen fühlten sich schweißnass an wie damals bei der Zeugnisübergabe nach dem Schulabschluss. Ich freute mich so auf Enzo und auf Oma Luise und auf Mama – auch wenn es wohl keinen Quizshow-Abend mit Chips und albernem Gekicher geben würde, denn nun wohnte ja Manuel mit in unserem Haus.

Und dann waren da noch meine Freunde. Ich hatte sie in den letzten Monaten erfolgreich aus meinem Leben ausgeblendet. Doch nun, da ich mich unweigerlich mit dem Thema auseinandersetzen musste, fragte ich mich, was sie mir wert waren.

»Und? Freust du dich schon, deine Freunde wiederzusehen?«, fragte Stefan.

Mit einem Ruck fuhr ich hoch und starrte meinen Patenonkel an. »Sag mal, hast du neuerdings übersinnliche Fähigkeiten oder so was?«

»Na, hör mal«, rief Stefan mit gespielter Empörung. »Du hast doch hier mit diesem Esoterikzeugs angefangen!«

Ich ließ mich in den Sitz zurückfallen. »Ich hab nämlich wirklich gerade an sie gedacht. Und ich weiß nicht, ob ich mich auf sie freuen soll oder nicht«, gab ich ehrlich zu. »Das war ein bisschen blöd mit denen, bevor ich ins Münsterland gezogen bin. Vor allem Dana und Sophie sind mir mit ihrem Rumgezicke ganz schön auf den Geist gegangen. Das war einfach nicht mehr mein Ding.«

Dass Marc sich als der größte Stinkstiefel überhaupt entpuppt hatte, verschwieg ich. Stefan konnte sich nämlich sicher daran erinnern, dass ich sonst immer nur Positives über ihn gesagt hatte. Auffällig viel Positives.

Ich fragte mich, was wohl aus Marc geworden war. Auch wenn ich keine Ahnung hatte, wie ich je in ihn verknallt gewesen sein konnte – so ganz egal war er mir nicht.

»Ach, ich erinnere mich. Der Zoff beim Zelten, was?« Dann bog Stefan in unsere Einfahrt ein.

Ich wusste nicht, womit ich gerechnet hatte. Vielleicht damit, dass Mama die Tür aufreißen und mir mit ausgebreiteten Armen entgegenkommen würde. Doch als ich die Haustür aufschloss, war alles still im Haus. Nein, nicht ganz. Enzo kam aus dem Wohnzimmer geschlichen, lugte um die Ecke und reckte sich, wobei er den Po in die Höhe streckte.

»Enzo«, rief ich. Ich freute mich so sehr, ihn zu sehen!

Doch er warf mir nur einen kurzen Blick zu, als wollte er sagen: Was willst du? Bleibst so lange weg und das soll ich dir nicht krummnehmen? Wie eine beleidigte Leberwurst zog er ab, ohne dass ich sein weiches Fell auch nur mit den Fingerspitzen hätte berühren können.

Stefan, der mit meiner Tasche hinter mir stand, lachte. »Katzen halt! Nimm's auf keinen Fall persönlich. Der kriegt sich schon wieder ein, wenn er meint, dass er dich mit ausreichend Missachtung bedacht hat.«

Ich schüttelte den Kopf. »Tu ich auch nicht«, sagte ich und strafte mich selbst Lügen, denn mein Hals war wie zugeschnürt.

Da entdeckte ich in der Küche auf der Anrichte den Zettel und erkannte Mamas Schrift:

»Mein Schatz, falls ich nicht rechtzeitig da sein sollte, macht euch schon mal einen Kaffee oder Tee, Plätzchen sind im Schrank. Ich eile! Freu mich so auf dich!«

Der Knoten löste sich ein wenig.

Ich setzte Wasser auf und wir tranken eine Tasse Tee. Dann verabschiedete ich mich von Stefan und trug meine Tasche hinauf in mein Zimmer. Ich erwartete fast, dass Mama und Manuel meine Möbel in den kleineren Raum gestellt hatten, weil ich ja nun nicht mehr so oft daheim war und sie den Platz brauchten. Doch zu meiner großen Erleichterung war in meinem Zimmer noch alles an Ort und Stelle.

Auf dem Schreibtisch stand einmal mehr ein wunderschöner Blumenstrauß. Dieser war aus Vergissmeinnicht, Schleierkraut und dunkelrosa Bauernrosen, so wie ich es liebte. Eine Karte lag daneben:

»Liebe Jana, willkommen zu Hause! Schade, dass ich heute nicht da sein kann, aber meine Mutter … Na, das erzähle ich dir dann. Wir sehen uns morgen. Manuel.«

Darunter ein Smiley mit Ziegenbart und Zopf. Wie schön!

Langsam fiel die Anspannung von mir ab. Neugierig schlich ich durch den oberen Flur und stieß eine Tür nach der anderen auf. Ja, sie hatten umgeräumt. Manuel war überall gegenwärtig. In allen Ecken lagen und standen Dinge von ihm herum: ein Pullover, afrikanische Holzfiguren, kleine silberne Pokale, eine Stereoanlage. Im Bad vor dem Spiegel stand sein After Shave. Ich nahm den Deckel ab und schnupperte. Der Duft war mir vertraut. Alles gut.

Dann hörte ich unten die Haustür.

»Jana?«, rief Mama – und ich stürmte die Treppe hinunter, direkt in ihre Arme.

Ich weiß nicht, wie lange wir uns fest umklammert hielten, aber als sie sich dann aus meinen Armen löste, sagte Mama: »Ich hab uns eine Tüte Chips mitgebracht. Ich dachte, wir machen uns mit Enzo einen faulen Fernsehabend auf dem Sofa.«

An diesem Tag konnten offenbar alle meine Gedanken und Wünsche lesen. Sogar Enzo ließ sich irgendwann endlich dazu herab, sich von mir ausgiebig beschmusen zu lassen, und kuschelte sich zu uns aufs Sofa.

Ich erzählte Mama detailliert und überschwänglich alles, von meinen Aufgaben und den Abläufen auf dem Hof, von der Schule, vom Unfall auf dem Turnier, von all den Menschen und Tieren, die dabei eine Rolle spielten. Nur von meiner Deprikrise, von der erzählte ich ihr nichts, denn ich wollte nicht, dass sie sich Sorgen machte. Ich zeigte ihr auf meinem Smartphone Fotos von Töffel, Lovisa, Barnabas, Bermuda und Morning Sky. Und von Lenchen. Ja, ich zeigte ihr sogar ein Foto von Kris.

Wir schauten so viele Fotos und Videos an, dass schließlich der Akku schwächelte und sich dann verabschiedete.

Ich hatte mir keinen Plan zurechtgelegt. Mir fiel auch keine Strategie ein, wie ich es hätte anpacken können. Also ließ ich es auf mich zukommen, auf die Gefahr hin, dass ich keinem meiner Freunde über den Weg laufen würde. Ich wusste ja noch nicht mal, ob sie überhaupt alle da waren in den Herbstferien. Ob Sophie und Löti ebenso heimgekommen waren oder ob die anderen vielleicht in den Urlaub gefahren waren. Nichts wusste ich. Gar nichts.

Es war Nopel, dem ich am nächsten Tag auf dem Rückweg von Oma Luise begegnete. Oma hatte mich mit warmem Apfelkuchen und Schlagsahne vollgestopft, sodass mir nun fast ein wenig schlecht war. Es war merklich kälter geworden und ich fröstelte in meiner Sweatjacke.

Ich hatte Tammos jüngeren Bruder gar nicht kommen sehen, so plötzlich schoss er auf seinem Longboard heran. Außer Atem stand er neben mir an der roten Ampel und klopfte mir auf die Schulter.

»Hey, Nopel!«, rief ich und war selbst erstaunt, wie happy ich dabei klang. Ich freute mich wirklich, ihn zu sehen. Konstantin hatte ich immer schon gemocht.

»Hallo, Jana, da bist du ja wieder!«

Ja, da war ich wieder. So konnte man das ausdrücken. Aber so einfach war es nicht. Ich war nicht einfach wieder da. Etwas war anders.

»Nur für die Ferien«, sagte ich. »Und du so? Was geht?«

Er zuckte mit den Schultern. »Alles cool. Ferien halt. Aber nur noch eine Woche.«

»Und Tammo?«

»Na, wie's einem so geht, wenn man nicht laufen kann«, antwortete Nopel. »Hat sich wahrscheinlich schon den Hintern wund gesessen.«

»Wie, nicht laufen?« Ich war ehrlich erschrocken. »Was ist passiert?«

»Der hatte doch einen Unfall! Hast du das nicht mitgekriegt?«

»Nopel, ich bin gestern erst angekommen, ich habe *nichts* mitgekriegt«, sagte ich. Dass es mit den modernen Kommunikationsmitteln ein Leichtes gewesen wäre, auf dem Laufenden zu bleiben, ignorierte ich geflissentlich.

»Na, jedenfalls hat er jetzt am rechten Bein einen Gips bis hier oben.« Tammos Bruder hielt sich die Handkante ans Kinn.

»Aber was für ein Unfall denn?«, hakte ich nach. »Autounfall oder was?«

Nopel winkte ab. »Das lässt du dir besser von ihm selbst in ethnischer Breite erklären. Ich muss dann mal weiter, Termin beim Kieferorthopäden.«

»In epischer Breite«, korrigierte ich.

»Was?«

»Egal.«

»Ciao, Jana!«

Ich änderte also die Richtung und machte mich auf den Weg zu Tammo.

Als ich meinen Finger nach dem Klingelknopf ausstreckte, war das Erste, das mir auffiel, dass das Schwein nicht auf der

Fensterbank stand. Wo war Black-Pig mit seinen Neonaugen hin?

Tammos Mutter ließ mich ins Haus und begrüßte mich mit dem üblichen höflichen Blabla. Sie führte mich ins Wohnzimmer, wo Tammo ausgestreckt auf dem Sofa lag und an der Playstation daddelte. Das rechte Bein war tatsächlich eingegipst bis zur Hüfte.

»Tammo! Da lässt man dich mal eine Weile allein und dann so was!«, rief ich zur Begrüßung, um meine Unsicherheit zu überspielen.

Tammo legte die Spielekonsole zur Seite und sah mich verblüfft an. »Wer ist das? Ein Geist? Ein Gespenst? Oder bist das wahrhaftig du, Jana?«

Ich ließ mich auf dem braunen Velourlederhocker nieder und schwieg. So etwas wie ein schlechtes Gewissen stellte sich ein.

»Jana, ich sag dir, das war der reinste Rock 'n' Roll!«, erklärte Tammo schließlich. Und dann berichtete er in wasserfallartiger Geschwindigkeit, wie er mitsamt seiner neuen E-Gitarre beim Konzert von der Bühne gefallen war, weil er so abgegangen war, dass sich sein Fuß im Kabel verheddert hatte, denn er hatte ja noch nicht genug Kohle zusammengehabt, um sich so ein kabelloses Sendedingsbums für die Gitarre zu kaufen! Er sprach, ohne dabei Luft zu holen. »Leider standen da zu wenig Leute, als dass die mich hätten auffangen können. Bähm, sag ich dir!« Er schlug mit der Faust auf die flache Hand.

»Shit«, sagte ich. »Und deine Gitarre ist bestimmt auch hinüber, oder? War das die, die du dir von der Kohle aus dem Black-Pig kaufen wolltest? Wo ist das überhaupt? Hast du es richtig geschlachtet, so mit einem Hammer?«

Wieder sah Tammo mich verblüfft an. »Na, so was, du bist die Erste, der es auffällt, dass Black-Pig nicht mehr Wache schiebt!« Mühsam versuchte er, sich auf dem Sofa aufzurichten. »Ja, das war die Gitarre. Eine Paul Reed Smith. Zum Glück hab ich einmal auf meine Mutter gehört und das Ding beim Kauf direkt versichert. Das Geld ist also nicht futsch. Ich bin ja nur froh, dass ich mir nicht die Finger gebrochen habe.« Er machte eine Bewegung, als wollte er Wasser abschütteln. »Man nennt mich auch den Stage Diver.«

»Und das Schwein?«, wiederholte ich meine Frage.

Tammo fuhr sich mit der Handkante über die Kehle.

In diesem Moment klingelte es. Ich hörte Stimmen im Flur. Plötzlich kam Selisha ins Wohnzimmer gestürmt und blieb wie angewurzelt stehen, als sie mich erblickte. Sie fixierte mich mit ihrem Blick und ihre Augen wurden irgendwie kleiner, runder dabei.

Wir sagten beide nichts.

Tammo durchbrach schließlich das Schweigen. »Ich hab auch erst gedacht, sie sei eine Erscheinung, aber sie ist es wirklich, Lisha.«

Selisha löste sich aus ihrer Starre, ging zu Tammo hinüber, setzte sich zu ihm auf die Sofakante – und gab ihm einen Kuss.

Aha!

Wieder etwas, das ich nicht mitbekommen hatte.

Ich hätte nicht gedacht, dass dieser Moment des Wiedersehens so schwierig werden würde. Doch Selisha und ich hatten uns seit unserem Streit kurz vor meiner Abreise ins Münsterland nicht mehr gesehen und nicht mehr gesprochen, und mir wurde schmerzhaft bewusst, dass ich diesen unangenehmen Moment auch nicht mit irgendeiner flapsigen Bemerkung überspielen konnte. Mit fiel nichts Besseres ein als: »Tja, da bin ich wieder. Also, nur für die Ferien.«

Selisha sagte immer noch nichts.

Langsam konnte sie doch mal den Mund aufmachen! Ich wurde sauer. Schließlich war ich keine Schwerverbrecherin. Ich war doch einfach nur meinen Weg gegangen!

»Okay«, sagte ich endlich. »Ich habe nicht mitbekommen, dass Tammo von der Bühne gefallen ist und dabei sein Bein und seine Gitarre geschrottet hat. Ich habe nicht mitbekommen, dass ihr beide jetzt zusammen seid. Ich habe aber auch nicht mitbekommen, dass du nicht mehr sprechen kannst, Selisha. Hast du das Problem schon länger?«

Gerade setzte Selisha an, etwas zu antworten, da kam Tammos Mutter in ihrer überkandidelten Art hereingeflattert und fragte: »Möchtet ihr frischen Apfelkuchen? Mit Schlagsahne?«

Auch das noch!, dachte ich. Und sagte: »Sehr gern.«

Dieses Opfer musste ich nun einfach bringen, dass ich mich zur Rettung unserer Freundschaft noch weiter mit Apfelkuchen und Schlagsahne vollstopfte.

Ich griff nach meinem Mourie-Amulett und spürte, wie meine Hand warm wurde. Dann grinste ich Tammo und

Selisha so breit an, wie ich nur konnte. »Ich hab den beiden *so* viel zu erzählen. Wir haben uns *so* lange nicht gesehen!«

Und damit hatte ich Selisha endlich ein Lächeln entlockt.

Der Damm war gebrochen. Wir gluckten ausgelassen herum und ich wurde auf den neusten Stand der Dinge gebracht: Nach dem Motto ›Unkraut vergeht nicht‹ war mit Löti alles beim Alten. Auch er war in den Ferien zu Hause und würde am Abend vorbeikommen, um mit Tammo Playstation zu spielen.

»Puh, hoffentlich trinke ich dann nicht wieder so viel Radler«, stöhnte Tammo. »Wenn ich pinkeln muss, ist das saudoof.« Er zeigte auf eine Urinflasche, die neben dem Sofa stand.

Selisha und ich warfen uns belustigte Blicke zu. Ich genoss den Moment des gemeinsamen Gedankens. Auch wenn es dabei um Pipi ging.

Sophie hatte auf der Insel offenbar ihre große Liebe gefunden und dachte deshalb nicht daran, in den Ferien nach Hause zu kommen. »Die schwebt im siebten Himmel. Da gibt's ja bekanntlich keinen Empfang für Chatnachrichten«, frotzelte Selisha.

Ich wurde rot. Musste daran denken, dass die anderen mich aus der Chatgruppe geworfen hatten. Und dass auch ich das Versenden einfach eingestellt hatte. Plötzlich kam mir das alles mega albern vor.

Auf einmal hielt Tammo wie eine feine Dame die linke Hand in die Höhe und spreizte vornehm den Finger ab. »Und Dana hat ihresgleichen gefunden, sag ich dir.«

»Was meinst du?«

Selisha verdrehte die Augen. »Die hängt jetzt mit so einer Tussigang ab, deren Lieblingsbeschäftigung die zwei S sind: Shoppen und Schminken.«

Da musste ich lachen. Es tat so gut, dass die anderen beiden meine Gefühle Dana gegenüber teilten. Auch wenn das ein bisschen gemein war. Doch dann wurde ich ernst und krallte die Finger fest um Mourie. »Und Marc?«

Selisha sog hörbar Luft ein, Tammo biss sich auf die Unterlippe.

»Was ist?« Ich sah in ihre ernsten Gesichter.

Tammo versuchte, seine Finger von oben in den Gips zu schieben, und kratzte sich mit verkniffenem Gesicht. »Der ist weg, Jana.«

»Wie, weg?« Ich verstand nicht, was das heißen sollte.

Selisha sah mich direkt an. »Weg heißt weg. Der ist quasi vom Campingplatz aus direkt verschwunden.«

Ich wurde etwas ärgerlich. Wollten die mich für dumm verkaufen? »Das müsst ihr mir aber genauer erklären. Ist der als vermisst gemeldet worden oder was?« Ich spürte einen Anflug von Panik in mir aufsteigen.

Selisha schüttelte den Kopf. »Nein, so jetzt nicht. Der hat wohl damals auf dem Campingplatz irgendwelche Leute kennengelernt, denen er sich angeschlossen hat. Ziemlich dubiose Geschichte. Hat sein Gepäck mitgenommen – samt Wurfzelt – und seinen Vater gebeten, das Rad abzuholen.«

»Und was sind das für Leute? Eine Sekte oder so was?«, fragte ich.

Selisha zuckte mit den Schultern. »Irgendwelche Aussteiger. Aber wir wissen es nicht genau. Seine Eltern hüllen sich in Schweigen. Sie sagen nur, er melde sich hin und wieder und es gehe ihm gut.«

»Aber wir wollten doch zusammen weiter zur Schule gehen!«, rief ich empört. Kaum dass ich den Satz ausgesprochen hatte, wurde mir bewusst, wie dämlich meine Worte waren. War ich selbst es nicht gewesen, die diesen Plan gründlich über den Haufen geworfen hatte? Verlegen schob ich mir noch eine Gabel voll Kuchen in den Mund, auch auf die Gefahr hin, dass ich einen Apfelkuchen-Sahne-Schock erleiden und ins Delirium fallen würde.

Als ich aufblickte, sah ich in zwei erwartungsvolle Augenpaare.

Jetzt war ich also dran. Ich wusste, dass dies ein sehr bedeutsamer Augenblick war. Ich musste teilen. Mein Ding, meinen Weg, den ich gewählt hatte, um mich von ihnen abzugrenzen. Mein wohlgehütetes neues Leben, das musste ich ihnen jetzt preisgeben und dabei ein Stück weit mein Innerstes nach außen kehren. Das war ich ihnen schuldig. Sonst hätten die Dinge nicht an ihren rechten Platz gerückt werden können. So funktionierte nun mal die Freundschaft, wenn es denn weiterhin eine bleiben sollte.

Also begann ich zu erzählen. Und zum Glück hatte ich den Akku meines Smartphones aufgeladen.

Später am Abend, als ich längst wieder zu Hause war, packte ich meine Reisetasche endlich aus. Aus der Seitentasche holte ich etwas, für das ich eigentlich einen anderen Plan gehabt hatte: ein Sparschwein, das ich bei dem Treffen der Bürgerinitiative bekommen hatte. »Mich kannst du ohne Tierleid schlachten« stand auf seinem Bauch.

Eigentlich wollte ich es Mama in die Küche stellen und sie und Manuel bitten, ein bisschen Geld darin zu sammeln, um mich bei meinem Projekt zu unterstützen – dem Projekt »Katzenkastrationen«. Die gab es schließlich nicht umsonst.

Aber nun hatte ich eine andere Idee. Auch wenn es viel kleiner und unspektakulärer war als das Black-Pig, beschloss ich, das Sparschwein Tammo zu schenken, damit er damit auf dieses kabellose Sendedingsbums für seine Gitarre sparen konnte.

Dann setzte ich mich auf die Bettkante und nahm mein Smartphone in die Hand.

Nachricht an Kris:

> Hey Kris,
> viele Grüße aus meiner alten Heimat. Alles okay bei dir? Hier ist irgendwie alles anders. Aber alles ist gut.
> Vermisse dich.
> Mourie

Liebe Leserin, lieber Leser,

ich lebe schon eine halbe Ewigkeit im schönen Münsterland. Dort fühle ich mich wohl. Eine Menge prachtvoller alter Höfe gibt es hier und viele, viele Pferdehöfe. Die genannten Orte Nottuln und Altenberge existieren wirklich, doch einen Pferdehof Schleinhege wird man vergeblich suchen. Auch der Schweinemäster Schulze-Fasthoff, der Reit- und Fahrverein in Warendorf und der Campingplatz an der Landkrone mit seinen tanzenden Senioren sind meiner Fantasie entsprungen. Sollte es Ähnlichkeiten – welcher Art auch immer – mit lebenden Personen und real existierenden Gehöften geben, so ist dies reiner Zufall.

Sarah Bosse

Sarah Bosse, Jahrgang 1966, wuchs als Tochter einer Buchhändlerin und eines Jugendbuchautors im Münsterland auf und studierte Germanistik und Nordistik. Seit ihrem Examen arbeitet sie als freie Kinder- und Jugendbuchautorin sowie als Übersetzerin für schwedische Literatur. In ihrer Freizeit kümmert sie sich um Findelkatzen, besucht die Rockkonzerte ihres Sohnes und arbeitet als stellvertretende Bürgermeisterin.
Sarah Bosse veröffentlichte bisher über 100 Bücher. Sie lebt in Billerbeck bei Münster.